U0750510

启迪一生

的 民间故事

胡罡 主编

黄河出版传媒集团
阳光出版社

图书在版编目（CIP）数据

启迪一生的民间故事 / 胡罡主编 .－－ 银川：阳光
出版社 ,2016.6（2022.05重印）
（校园故事会）
ISBN 978-7-5525-2664-6

Ⅰ.①启… Ⅱ.①胡… Ⅲ.①民间故事－作品集－中国
Ⅳ.① I277.3

中国版本图书馆 CIP 数据核字 (2016) 第 143465 号

校园故事会　启迪一生的民间故事　　　　　胡罡　主编

责任编辑　金小燕
封面设计　华文书海
责任印制　岳建宁

黄河出版传媒集团
阳 光 出 版 社　出版发行

地　　址	宁夏银川市北京东路139号出版大厦 （750001）
网　　址	http://www.ygchbs.com
网上书店	http://shop129132959.taobao.com
电子信箱	yangguangchubanshe@163.com
邮购电话	0951-5047283
经　　销	全国新华书店
印刷装订	天津兴湘印务有限公司
印刷委托书号	（宁）0020143

开　　本	710 mm×1000 mm　1/16
印　　张	7.5
字　　数	90千字
版　　次	2016年9月第1版
印　　次	2022年5月第2次印刷
书　　号	ISBN 978-7-5525-2664-6
定　　价	30.00元

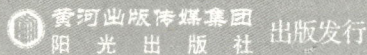

前　言

我们在故事的摇篮里长大,故事就像一个最最忠实的好朋友,时时刻刻陪伴在我们身边。它把勇敢和智慧传递给我们,也把快乐、爱与美注入我们的心田。

《校园故事会》系列所选用的故事内容丰富、主人公形象生动活泼,而其寓意也非常深刻,会让你在愉快的阅读中了解到什么是美,什么是丑,什么是善,什么是恶,什么是直,什么是曲。我们相信,这些故事一定会使广大学生受益匪浅。真诚地希望本系列丛书能成为家长教育孩子的好助手,学生成长的好伙伴!

本系列丛书内容包括亲情、哲理、处世、智慧等故事,会使你在阅读中收获真知与感动,在品味中得到启迪与智慧。可以说,它们是父母送给孩子的心灵鸡汤,自己送给自己的最好礼物,同学送给同学的智慧锦囊,老师送给学生的精神读本。

总而言之,这是一套值得您精读,值得您收藏,更值得您向他人推荐的好书。因为课本上的道理是一条条教给您的,而这套书中的"故事"所蕴含的大道理、大智慧是要您自己揣摩的。

本系列图书在编写过程中不免会有瑕疵,望广大读者批评指正,我们会虚心接受、坚决改正。

编　者

目　录

孔融让梨

古时候,我国有个很有名的人,名字叫孔融。孔融小时候就聪明伶俐,很懂礼貌。有一个动人的故事流传下来,就是说在他 4 岁时让梨的故事。

4 岁的孔融,有五个哥哥、一个小弟弟。

有一天,一家人吃完午饭,妈妈捧来一盘子洗好的梨,放在桌上,让各人自己拿了吃。哥哥让弟弟先拿。孔融朝盘子里的梨看了看,拣了只最小的。

父亲站在一旁看了,心里暗暗高兴,觉得这孩子人虽小,可懂事哩! 他就故意问:"盘子里这么多梨,又让你先拿,你为什么偏偏拿只最小的?"

孔融说:"我年纪小,就该拿最小的。大的留给哥哥吃!"

父亲又问:"你还有个弟弟,你也算哥哥呀! 你为什么不拿大点儿的梨呢?"

孔融说:"我比小弟弟大,我是他的小哥哥,就该把大的梨留给小弟弟吃呀!"

父亲听了他的话,连声说:"好孩子,你说得对!"

孔融 4 岁知道让梨。他上面让哥哥,下面让弟弟,这个美好的故

启迪一生的民间故事

事,从古到今一直流传着。

人生启迪

孔融让梨"让"出的是中华民族优秀的传统美德,在利益面前尊老扶幼,懂得谦让,是每个人应该具备的品德。

李寄斩蛇

从前有座大山,山里有个大洞,洞里有条大蟒蛇。这条大蟒蛇常爬到洞外吃人。这个地方的县官就出了个坏主意:每年送一个 12 岁的小姑娘去喂蛇,蟒蛇吃饱了,也就不再爬出洞吃人了。

就这样过了一年又一年,大蟒蛇吃了好多小姑娘。

有个小姑娘,名叫李寄,她聪明勇敢,又学了一身武艺。这一年,她正巧 12 岁,县官老爷带着人,要把她抬去喂蛇。李寄的爸爸妈妈,哭得死去活来。李寄呢,却一点儿也不怕。她将早已准备好的一个饭团和一把剑藏在身上,又带上她家那头大猎狗,就跟着县官走了。

县官带着一伙人,把李寄送到山脚下,就溜回城里去了。李寄带着狗到了山洞口,她把饭团朝里一扔,洞里的大蟒蛇闻到饭团的香味,就抬起笸斗大的脑袋,扭动着水桶粗的身子朝外爬,它一口将饭团吞进肚子里。哪知道,大蟒蛇吞下饭团,没多久就全身扭动,疼得打滚啦。

原来,这饭团里拌有毒药哩。李寄一挥手,大猎狗扑上去,一口咬住了大蟒蛇的脖子。这时,李寄举起短剑,对准大蟒蛇的脑袋砍呀、刺呀。大蟒蛇拼命晃着脑袋,甩着尾巴,还张大嘴巴,想咬李寄。李寄躲到一边,然后看准机会,对着蛇头连砍几剑,把蛇头砍得稀烂,终于把大蟒蛇杀死了。

李寄见大蟒蛇死了,这才将短剑擦擦干净,带着大猎狗下山回家了。

人生启迪

在现实生活中,我们也可能遇到危险,面对困难和危险的时候,我们要向李寄一样积极、冷静、机智、勇敢,这样才能战胜困难取得胜利。

空花盆

从前,外国有位老国王,想选个人来继承王位。可老国王没有儿女,选谁当新国王呢?

老国王想了个挑选新国王的好办法。他向全国宣布,他要给所有的孩子发一粒花籽,谁能用这花籽种出最美的花,将来就让谁当国王。

有个孩子叫米沙,他领到花籽后,把花籽种在花盆里,天天浇水,还双手捧着,让太阳晒会儿。他多么希望花籽开出美丽的花儿啊。可日子一天天过去,花盆里什么也没长出来。他换了一个花盆,又换了些土,再把那粒花籽种上。可花盆里仍然是空空的。

送花比赛的日子到了,王宫前挤满了来自全国各地的孩子。他们都捧着一盆花,五颜六色,分不出哪朵花最美。

老国王出来看花了。孩子们争着把自己的花盆捧给他看。可老国王却皱着眉头,慢慢地走过去,当他来到米沙跟前时,忽然停住了。米沙呢,捧着空花盆,难过得低下了头。

老国王问米沙:"孩子,你怎么捧着空花盆?"

米沙含着眼泪说:"我把您给的花籽种在花盆里,用心浇水,可怎么也长不出花来,我只好……只好捧着空花盆来见您。"

国王听完米沙的话,高兴得哈哈大笑说:"找到了!找到了!我要找个诚实的孩子当国王，你呀，就是个诚实的孩子！"

原来，老国王发给孩子们的花籽，全都在锅里煮过，根本长不出花来。别的孩子都换了花籽，才长出花儿来。米沙可没这样做，所以老国王说他是个诚实的孩子，让他继承王位。

人生启迪

米沙的花盆里开出了最美丽的花朵，这朵花叫作诚实。

启迪一生的民间故事

狼来了

从前,有个孩子叫王小宝,他每天赶着一群羊,到村外山坡去吃草。

王小宝躺在草地上,想找点开心事儿。他张大嘴巴喊:"不好喽,狼来了!狼来了!"

村里人听到喊声,连忙放下手里的活儿,带着锄头、扁担,飞快地奔过来,准备打狼救孩子。当他们赶到山坡一看,哪儿有狼呀,羊儿在吃草,王小宝在哈哈大笑哩。

村里人见王小宝说谎骗人,都很生气,大家纷纷批评他,要他今后不再说谎话。

王小宝没听大人们的话。过了几天,他又大声叫喊起来:"不好喽,狼来了!狼来了!"

村里人一听,放下活儿,带了锄头、扁担飞奔过来,准备打狼救孩子。哪知道,他们赶到山坡一看,发觉又上当了。这回,大人们狠狠批评了王小宝,要他千万别再说谎骗人。

王小宝呢,还是没听大人们的话,反而觉得,让这么多人上当受骗,顶有趣儿。

过了几天,王小宝又大喊大叫起来:"不好喽,狼来了!狼来了,快来打狼啊!"

王小宝的呼喊声,村里人都听到了。可谁也没来救他,都以为他又在说谎骗人呢。

这回呀,倒是真有狼来了。这只狼咬死不少羊,又张开血红的嘴巴,露出尖尖的牙齿,扑向王小宝。王小宝吓得一边逃一边叫:"狼来了! 狼来了! 救命呀,狼来了……"他这呼喊声可响哩,村里不少人听到了,可没有一个人来救他。

王小宝逃呀、逃呀,脚下一滑,从山坡滚下山,没被狼咬着。可他的羊全被狼咬死了。

从此以后,王小宝再也不敢说谎骗人了。

人生启迪

　　诚信是人的立身之本,失去诚信的人最终会和王小宝一样为不诚信的行为付出代价。

老木匠收徒弟

从前有个老木匠,专会在木头上雕花,皇宫柱子上的龙,都是他雕的。他渐渐老啦,想挑个徒弟,把自己的手艺教给他,好一代代传下去。

一天,有个姓赵的人家,把孩子送来,请老木匠收下当徒弟。老木匠给他 10 只小鸡,要他看管好。这孩子把小鸡赶到屋外,让小鸡在河边捉虫吃草,自己靠着树睡着了。等他一觉醒来,小鸡都掉下河淹死啦。

老木匠对这姓赵的孩子说:"你回去吧,懒惰的孩子是学不好手艺的。"

第二天,一个姓李的人家把孩子送来,请老木匠收下当徒弟。老木匠也是给他 10 只小鸡,要他看管好。这孩子向老木匠讨了根竹竿,坐在门槛上,用竹竿儿赶着小鸡,不让小鸡出院子。不一会,门外响起一阵锣鼓声,这孩子丢下竹竿,就跑出去看热闹。等他回来,院子里一只鸡也没有啦。哪儿去了?都被野猫叼走了。

老木匠对这姓李的孩子说:"你回去吧,贪玩的孩子是学不好手艺的。"

第三天,有个姓王的人家,将孩子送来,请老木匠收下当徒弟。老

9

木匠也是给他十只小鸡,要他看管好。这孩子向老木匠讨了根竹竿,又讨了一碗米,还把老木匠家的小花狗抱来作伴儿。他让小花狗呆在门口,不让野猫进来,又用竹竿赶着小鸡,在院子里的草地上捉虫儿。太阳下山时,他一路撒米,将小鸡引进鸡窝里。

老木匠见小孩子不偷懒,不贪玩,做事又肯动脑筋,就收他当了徒弟。

人生启迪

偷懒和贪玩是孩子的天性,但是想要学到真本领、成就大事,就要克服这些不好的习惯。

启迪一生的民间故事

吉恩的明天

美国有个少年，名叫吉恩。吉恩在学校不好好读书，经常打架，还偷人家的东西，被学校开除了，父母亲也讨厌他，从此，他成了个流浪儿，成天在大街上游荡。饿了，就到饭店讨些吃的；天晚了，在桥洞里过夜。

一天，吉恩走到一家饭馆门前，只见门上挂着一块牌子，牌子上写着：明天吃饭不要钱。吉恩一看，心里很高兴，便焦急地等待着第二天的到来。

第二天一早，饭馆刚刚开门，吉恩便快步走了进去。他随便找了个座位坐下就大声喊起来："来一大盘酱牛肉，一杯好酒，再来一盘包子……"

店主人见吉恩穿得又破又脏，便走到他跟前问："你有付酒、饭的钱吗？"

吉恩一听说要钱，心马上凉了半截。他疑惑地问店主人："不是今天吃饭不要钱吗？"

店主人笑了笑，指了指门外，说："你再去看一看！"

吉恩走出店门一看，牌子还在，仍然是那几个字："明天吃饭不要钱。"

吉恩想了想,自言自语地嘟囔道:"噢,这个'明天'是永远不会来的!"想到这儿,他决定去找个活儿干干,不再做流浪儿了。

人生启迪

无限的过去都以现在为归宿,无限的未来都以现在为渊源,"今"是最珍贵的。"今"是公正的,无论您有多贫穷或多富有,谁都无法占有它,无论您怎样爱它、如何珍惜它,它都不会为您停留片刻。"今"是短暂的,它随时都会从我们的指缝里溜掉,从我们的脚下滑过,或从我们的思想里飞走。因而我们要格外地珍惜"今"。只有珍惜"今天",我们才拥有希望,只有把握"今天",我们才会拥有未来……

砍樱桃树的孩子

美国有个总统名叫乔治·华盛顿。乔治小时候喜欢跟父亲一起骑马到森林里玩,他父亲经常下马,帮助穷人砍树、拾柴。

乔治在马背上问:"爸爸! 我能跟你一样,帮助他们吗?"

爸爸回答:"孩子! 等你到了 10 岁的生日那天再说吧!"

乔治 10 岁生日那天,爸爸给了他一把斧头。乔治说:"多好的礼物! 现在,我已经可以到森林里帮他们干活了。"

有一天,乔治一个人骑着马出去。在田野里,他看见一棵小树。他不知道他的父亲正希望这棵小树在这里成长。他想:爸爸在我 10 岁生日的时候送给我这把斧头。我要用这把斧头干一些活,让爸爸大吃一惊! 想到这儿,他就跳下马,拿起斧子砍倒了这棵树。

晚上,父亲回来,伤心地对家里人说:"有人把我一棵最好的樱桃树砍倒了! 是用斧头砍的! 我不知道是谁干的!"

乔治以为他这样干父亲会很高兴呢! 现在他看见父亲这么伤心,他很难过。他走到父亲面前说:"爸爸,那棵树是我砍的。本来我想替你干点活,让你高兴高兴。爸爸,真对不起!"

爸爸听了,抚摸着他的头,说:"啊,那棵树是昂贵的,你把它砍了,很不好! 但是,对我来说,你比樱桃树更宝贵。你今天讲了老实话,这是很可贵的。孩子，今后你永远要讲真话！"

乔治记住了父亲的话，长大后，他成了一个勇敢、诚实的人。后来当了美国独立后的第一任总统。

人生启迪

认错是一种勇敢的行为，是诚实的表现。

折筷子

从前有个国王,他有 10 个儿子,都很有本领。可他们各打各的主意,都想接父亲的王位。

这一年,老国王生病不能起床了,他担心自己死后,儿子们会为了争夺王位,自相残杀,那样,肯定会引来外国侵略。想到这些,他就派人把 10 个儿子都喊到床前,对他们说:"我快死了,可我还没有决定王位由谁继承,现在我想试试你们,看究竟让谁来接王位。"说着,他拿出一把筷子,先抽出一双,叫大儿子将筷子折断。大儿子不明白是怎么回事,拿起一双筷子,轻轻一折,筷子断了。老国王问:"这一双筷子,你们都能折断吗?"儿子们回答说:"这有谁折不断呀!"

老国王说:"对,这很容易。"说着,又数出 10 双筷子,合在一起,对儿子们说:"谁要是有本领将这把筷子一起折断,王位就由谁继承。"说完,他把 10 双筷子递给大儿子。大儿子使尽力气,也折不断。老国王再让二儿子折,二儿子拼足力气,也是折不断;老国王又要三儿子折,三儿子也折不断……十个儿子,没有一个能折断这一把筷子。

这时,老国王才说:"孩子们,你们看到了,一双筷子容易折断,十双筷子合在一起,就难折断了。这就像你们 10 个兄弟,如若分散开来,你们一个个很容易被人打败。如若你们 10 个人团结起来,就很难打败你们了。这就叫团结力量大啊。只有这样，我们的国家才能不受外国侵略呀！"

10个儿子听了，都默默地点着头。老国王死后，他们同心协力，治理国家，使国家越来越强盛。

人生启迪

团结就有力量和智慧。

张半砍匾

谁都知道，古时候有个最有名的木匠，叫鲁班。也许很多人不知道，鲁班有个徒弟叫张半。这张半手艺学得很好，满师那天，鲁班对他说："张半啊，这木匠活儿是没有止境的，你还得继续学习啊！"谁知道，张半根本没把鲁班的话记在心上。他自以为本事学到家了，回家后请人写了一块"气死鲁班"的大匾，挂在大门上。

鲁班知道了这件事，就背着工具，装成个穷木匠，来到张半家门前。他抬头一看，大匾上果然写着"气死鲁班"四个大字。这天，正巧张半不在家，只有他妻子在推磨。鲁班就向她讨些吃的。吃完几块饼，鲁班说："大嫂，我没啥报答你，看你推磨挺费力气，我就给你砍个木驴吧！"说罢，取出斧头，只半天工夫，就做成了一个木驴。鲁班把这木驴牵到磨道里套上，吆喝一声："驾！拉！"那木驴就绕着磨道"咯吱咯吱"转开了。这木驴不吃草，不喝水，拉起磨来可快哩。张半的妻子一下子看呆了。等她转身一看，那穷木匠早已走了。

张半回来，看见妻子正赶着木驴磨面，便问："这驴是谁做的？"妻子说："是个穷木匠做的！"

张半说："这活儿做得真粗！"说着，他把木驴卸下套，把它刨得光溜溜的。这下，木驴看起来很漂亮，可套上磨时，却不会走了。

17

这时,张半明白了:这是鲁班师傅在警告自己哩！张半羞愧极了。他二话没说,扛起梯子,举起斧头,把大门上"气死鲁班"的大匾砍掉了。

人生启迪

想在大行家面前显示自己的本领,是种不谦虚的可笑行为。

药王爷学医

我国唐朝有个大医学家，名叫孙思邈。人称"药王爷"。

据说，药王爷跟师傅学了 5 年医。满师那天，师傅对他说："我的本领你都学去了，不过，你还差一条道儿没走。你先走完这条道儿，就算真正满师了。"

药王爷问："是哪条道儿，走到什么时候？"

师傅说："随便找条道儿走吧，等你把鞋子磨成 8 斤半了，道儿就算走完了。"

药王爷带足了路费，沿家门前那条大道向前走。每逢遇到哪个村有病人，他就顺便给人家治一治。走了两年，鞋不光没磨成 8 斤半，反而快磨破了，他还是向前走。药王爷想，要给人们看病，就得好好跟师傅学；师傅指出道儿来了，就应该走到底。

有一天，药王爷正走着，天下起雨来，他还是继续往前走，路上尽是泥水，走起来陷脚，十分吃力。药王爷的两只鞋沾的泥越来越多，沉得快抬不起脚了。等雨停了，他走进一个村子。村边有一家人家，药王爷想进去讨口水喝，他刚想敲门，正好从屋里走出一位老婆婆。他一见药王爷的两只大泥鞋，不由得说："大雨天，你这是上哪去呀？看，鞋都走成 8 斤半了。"

药王爷一听,心里一愣,低头一看,哎呀!两只鞋足够8斤半了,这就是师傅说的,道儿走完啦。药王爷高兴地在老婆婆家里歇了一夜,第二天就往回走,去见师傅了。

孙思邈经过这两年的实践,经验更丰富了,所以后来人称他为药王爷了。

人生启迪

有了知识,并不等于有了能力,实际运用与书本知识之间还有一个转化过程,即学以致用。

药王爷骑虎

　　小朋友们也许看到过，有些吃中药的人，往往喜欢把煎服过的药渣，倒在门口的路上。这个风俗据说是孙思邈给人看病时流传下来的。孙思邈的医术太高明了，就连天上的龙和山里的虎都来找他治病哩。

　　有一天，孙思邈正在路上行走，一只虎从后面追了上来，咬住孙思邈的衣角不放。孙思邈只好停下步来，对老虎说："如果你一定要我给你治病，你必须答应一个条件，从今以后，不准你再伤害人！"老虎听了，连忙点了三下头。

　　于是，孙思邈使出他那神妙的本领，将老虎的病治好了。为了验证老虎是否遵守诺言，孙思邈规定每天要检查一次老虎的牙齿。

　　老虎的病被孙思邈治好后，为了感恩，就自动给孙思邈当保镖。孙思邈每天上山采药，下乡治病，有时深更半夜还在崎岖山路上走。老虎总是跟在他后面当保镖。这下，强盗、坏人、猛兽都不敢靠近孙思邈了。孙思邈采了草药，老虎就替他驮着；孙思邈累了，就骑在老虎背上。孙思邈非常高兴。

　　但是，这样一来，请孙思邈治病的人，都吓得不敢找他了。为什么？怕老虎啊！

21

启迪一生的民间故事

孙思邈想了个办法：先叫病人把吃剩的药渣倒在门口的路上；然后又吩咐老虎："你不要紧跟着我，你只要看哪家门口有药渣，就表明我在那家看病，你远远地等着我就行了。"

从此，人们就将药渣倒在门口的路上了，这种风俗一直流传到今天。

人生启迪

只要有一颗诚挚的爱心，即使凶猛如虎也会心存感念。

一罐水

好多年前,有一个国家被外国军队侵占了。这个国家的老百姓,为了赶走侵略军,就在井里下了毒,不让他们喝水。有一小队外国侵略军在军官带领下,到处找水喝。他们走了很多路,才发现小山坡上有一座房子,满以为那儿有水喝。

他们冲上山坡,来到屋前,只见井已被石头填没了。他们又冲进屋里,看到有位妇女,抱着一个小女孩,冷冷地盯着他们。士兵们向她要水喝,她摇了摇头,什么也没说。

这群士兵渴坏啦,他们在屋里到处找水。突然,有几个士兵发出了欢叫声:"搜到啦,搜到啦!"他们抬着一只大罐子,从里屋走出来。士兵们一拥而上,争夺水罐。军官命令他们放下。他看着满罐清水,恨不得捧起来就喝,可他没喝。他先倒了一小杯,递给那位妇女说:"请你先喝!"这位妇女接过杯子,看了看怀里的孩子,把杯子里的水全喝光了。军官又倒了小半杯水递给女孩子:"你也喝一点。"母亲的眼睛抽动了一下,慢慢儿地接过杯子,亲了一下女儿,低声说:"孩子,为了妈妈,你喝吧!"女儿也像母亲那样,双手捧起杯子,喝干了半杯水。

军官见母女俩都喝了水,放心了。他倒了满满一杯,一仰脖子,喝光了。他又让每个士兵都喝了几大口清凉的水。很快，一罐水都喝完了，他们就坐下歇息，不料一个接一个倒在地上死了。那位妇女和她怀里的孩子也死了。

原来，这位妇女早在水罐里放了毒药。母女俩为了他们的祖国，跟敌人同归于尽了。

人生启迪

祖国的利益高于一切，当祖国需要的时候，我们每个人都应该敢于牺牲自己的利益，即便是宝贵的生命。

启迪一生的民间故事

周处除三害

我们国家有个地方叫宜兴。古时候,宜兴出了个叫周处的人。这人力大无比,却又蛮不讲理,到处惹事,大伙儿见他都怕他。

一天,周处在路上走着,一位老人跟在他后面唉声叹气。周处回过头,问他为什么叹气。老人回答说:"宜兴城有三害,三害不除,老百姓不得安宁呀。"周处大声说:"请告诉我是哪三害,我去除掉它们!"老人说:"一是南山猛虎,二是西河蛟龙。"周处问:"那第三害呢?"老人说:"除了两害再说吧!"

周处带着弓箭,上了南山,射死了猛虎。大家称赞他为老百姓除了一害,周处又到西河寻找蛟龙。他跳下河,提着剑与蛟龙厮杀,终于砍死了蛟龙。人们更加高兴,称赞周处又为老百姓除了一害。

周处除了两害,受到大家的称赞,他很高兴,决心去除掉第三大害。他又去找那老人,问第三害在哪里。老人说:"就是你自己!"周处一听,惭愧极了。他想到自己平时打人骂人,干了许多不讲理的事,被人们看作和南山猛虎、西河蛟龙一样的大害,又悔又恨。他拔出剑来要自杀。老人一把拉住他,说:"你连死都不怕,还有什么过错不能改正?"周处一边大哭,一边说:"改也迟了!"

老人说:"知错能改,就是好事。"周处跪下,感谢老人的开导,决心

25

启迪一生的民间故事

重新做人。

从此,周处尊老爱幼,白天练武,夜里学文。后来周处成了一员大将,为国家立了不少战功,至今人们还常夸奖他呢。

人生启迪

古人说:朝闻道,夕死可矣。一个人怕就怕没有志向,如果有了志向,还怕美好的声誉不能传扬吗?

哈桑的眼神

有个国家的岸边，有一个小渔村，小渔村里有个少年，名叫哈桑。哈桑很喜欢海鸥，他每天划着小船到海上去，找海鸥玩耍。他爱海鸥，从来不伤害它们。时间长了，海鸥和哈桑成了好朋友。

只要哈桑小船一划到海上，几百只海鸥都飞来了，有的在小船的上空盘旋飞舞，有的就停在船板上，还有的飞到哈桑的怀抱里、肩膀上，同他亲热一番。

有一天，哈桑回到家里，他爸爸问："你又去同海鸥玩啦？"

哈桑说："是啊，今天飞来的小海鸥才多哩，一共有几百只！"

爸爸说："既然你们每天和海鸥玩，肯定能捉到它们。你明天捉一只来家，有人出钱向我买哩。"

哈桑答应了。

第二天。哈桑又划着小船到了海上，他因为要捉海鸥，心里很紧张，他的眼神更显得惊慌，划船的动作也乱套了。也真奇怪，许多海鸥都在高空飞来飞去，竟没有一只飞下来停在他的小船上，更不用说飞到他的怀抱里来了。

不用问为什么，小朋友也能猜得到，因为哈桑起了坏念头，从他的眼神里流露出贪心和凶狠，这些都被海鸥发觉了，海鸥就不跟他玩了。

27

启迪一生的民间故事

哈桑见海鸥不再降落到他船上，只好没精打采地回家了。

人生启迪

　　人的内在气质，往往可以影响他的外在行为，心存恶念时，必然面露凶光。

郑板桥画蟹

我国清朝时候,有个大画家,名叫郑板桥。他的画很值钱,不少人都想花钱买他的画。

有一年夏天,郑板桥出门有事儿,拎着藤包,沿着河堤赶路。

船家阿牛夫妇驾着小船,在河上大声喊:"老先生,请乘我们的船走一段吧,大热天,不收你的钱!"喊着便将小船靠了岸。郑板桥上船一看:船舱里还坐着个秀才。

阿牛见郑板桥满头大汗,递上一把折扇给他。郑板桥一看白扇面儿,说:"扇上少个画儿,我帮你画一幅,好吗?"阿牛高兴地说:"好啊,那可谢谢你啦!"郑板桥从藤包里取出笔墨,在扇面上画了一朵菊花,阿牛夫妇高兴极了。

秀才看了看阿牛扇子上的画,又看了看自己手里的白面折扇,说:"我这扇子,要请名画家郑板桥画呢!"郑板桥说:"我来试试,画得不好,赔你扇子。"秀才不好意思回绝,勉强同意了。

郑板桥在秀才扇子上涂涂点点,画了只大螃蟹,然后还给秀才。秀才接过扇子,看了看,叹口气说:"画得倒不错,可惜不是名人的手笔呀!"郑板桥一听,知道这个秀才只求虚名、不切实际,就合起扇子,在船帮上拍了一下。"扑通"一声,一只乌黑溜亮的大螃蟹,落到水里游走啦。

秀才一看,才知道碰上了真正的大画家,这下后悔啦。他苦苦哀求郑板桥给他再画一幅,可郑板桥就是不答应。

正在摇船的阿牛夫妇见了,忙打开扇子,一下子,散发出一阵菊花的香味,飘荡在河面上,这下,别提夫妇俩有多高兴啦。

人生启迪

　　本来一样的事物,因为名义上的不同,在一些只求虚名、不切实际的人眼里就有了差别。

启迪一生的民间故事

杨二比武

从前,南阳有个名叫杨二的小伙子,他会拳术,武艺高强。他能用肩膀扛起一辆马车,让几百个士兵用竹竿刺他,别想碰着他……

他就凭着这种本领,出门传授拳术。有时还到城里的广场上表演,引得好多人来看。

有一天,他正在表演,一个卖糖的老汉也挤进去看。这老汉背有些驼,还不住地咳嗽。他看了杨二的表演,没跟着大家拍手叫好,反而说了些不恭维的话。

杨二听了很不高兴,他举起拳头,在老汉面前晃了晃,一拳向砖墙打去,把墙打了个洞,然后拔出拳头,气势汹汹地问:"老头,你有这本事吗?"

卖糖老汉说:"你只敢打墙,不敢打人吧?"

杨二一听,压着怒火,问道:"你经得住打吗?"

卖糖老汉哈哈大笑道:"如果你一拳打不死我,只能丢丑喽!"

杨二不服气,马上请了许多人作证,写了一张"打死不悔"的文约。卖糖老汉解开上衣,敞着肚子,运足了气,然后笑嘻嘻地对杨二说:"你来打我的肚子吧!"

杨二向后退了几步,拉起架势,用拳头对准老汉的肚子狠狠打去。

31

不料，拳头陷进老汉的肚皮里，怎么也拔不出来了。他只好跪在地上，向老汉求饶。老汉不理他，他就拼命地拔拳头。可无论他怎样用力，也没有拔出来。

这时，看热闹的人才明白，原来老汉的气功练得十分出色，把杨二的拳头紧紧夹住了。

卖糖老汉等杨二哀求了一会，这才鼓起肚皮一放，杨二站立不稳，踉踉跄跄跌倒在地上。

老汉穿好上衣，挑起糖担子走了。谁也不知道他是从哪里来的。

人生启迪

真正有本领的人不会到处宣扬他的本领，相反，那些学艺不精的人却偏偏喜欢四出宣扬自己的本事，以致闹出很多笑话。

诚实的艾琳

从前,有个外国小姑娘,名叫艾琳。她的妈妈病了很久,只能半躺在床上。她多么想买一个鸭绒垫子放在妈妈的背后,让她躺得舒服些啊。可家里实在拿不出多余的钱来。

艾琳忽然想到,邻居安娜老奶奶家里有个旧的红靠垫,向她借来给妈妈用几天,等有钱买了新的再还给她。

艾琳去找安娜老奶奶。老奶奶也很穷,连房租也交不起。但她心地善良。一听说艾琳来借靠垫,连忙说:"这红靠垫送给你妈妈用吧,别再还我了。这还是我妈妈留下来的呢。"

艾琳高高兴兴回家,想把这旧垫子拆开来,洗一下。当她拆掉红套子,发觉里面还有一层深绿色的套子,套子上缝着个小夹袋。呀!里面装着一沓钞票!艾琳激动得心跳个不停,她跑出房间,没有去找妈妈,奔向安娜老奶奶家去了。

艾琳上气不接下气,对奶奶讲了她的发现。老奶奶说:"这么多钱,一定是我妈妈节省下来的,她死得突然,没对人说起这事。"艾琳说:"这下您再不用愁没钱交房租了。"老奶奶说:"是的,孩子,这是你对妈妈的关心,给我带来的好运气。"艾琳说:"不!这是您对别人的关心,带来的好运气!我真为您高兴。"说完就回家了。

33

启迪一生的民间故事

第二天,安娜奶奶买了一个特别大的洋娃娃,送给小艾琳。艾琳激动地说:"这么好看的洋娃娃,我可不配呢。"安娜奶奶笑着说:"不,只有你最配!"

人生启迪

诚实是指在自己和别人面前问心无愧。诚实也是对于一个人的正确角色、行为和恰当的人际交往的一种意识。拥有诚实的人,就不会虚伪和做作,不会使别人产生迷惑和不信任感。诚实有助于形成完整统一的生活,因为诚实的内在与外在自我是完全一致的,如同镜子的效果。

酒 友

从前,在一座大院子里有 9 个老头儿,他们是好朋友,常在一起喝酒,就结成了酒友。

一天,他们约定每人带一壶好酒,到山上去痛痛快快地喝一顿。还约定,大家的酒要掺和起来喝,表示他们友谊深厚,永不分离。

这天,第一个老人把自己的酒坛子搬出来,准备倒酒。他刚把盖子揭开,香喷喷的酒味朝着他的鼻子扑来。他想,这酒太好了,我留着自己喝吧。装一壶水掺和他们的酒!他们八个人有八壶好酒,掺我一壶水有什么要紧?于是,他带着一壶水,兴冲冲得上山了。

第二个老人装酒的时候也想:唉,这样的好酒拿去给他们喝,真是太可惜了,还是装上一壶水去掺和他们的酒吧,八壶好酒,掺上一壶水怕什么?他也带上一壶水上山去了。

第三个老人,第四个老人,……他们带的都是一壶水。

第一个老人早早来到了约定的山头,他准备了一个掺和酒的大坛子。又拿出一张草纸叠成的小方块压在自己的壶盖下面,还用一个纸卷儿塞住壶嘴,为的是不让酒走了味儿。

没多久,那八个老人都来了。大家说,把酒倒进坛子里掺和起来吧。可九个老人都端着酒壶,谁也不愿先倒,怕人家闻出没有酒香味儿。后来大家商定，喊声"一、二、三"，就把酒壶的"酒""咕咚咕咚"一下都倒进了坛子里。后来就开始喝酒了。当他们一尝到酒味时，九个老人你望望我我望望你，九张老脸都羞得通红，好半天也说不出一句话来。读者们，你说他们该多么难为情呀！

人生启迪

　　你怎样对待别人，也许别人就怎么样对待你，只有诚恳的人才会得到别人诚恳的对待。

贪官收元宝

从前,有家姓张的和一家姓李的,为了争地基造房子,到衙门打官司。县官是个贪官,他见两个人都没带银子来,便说"明天再审!"

姓张的为了打赢官司,派人给县官送去一只大西瓜,大西瓜里藏着只金元宝。

姓李的为了打赢官司,派人给县官送去一条大鱼,鱼肚里也藏着只金元宝。

两家都送来了金元宝,这下可让县官为难了,他想来想去,决定让他们的官司不分输赢。

第二天升堂,姓李的提醒县官:"老爷,小人有理(礼),但不会说话,是个愚(鱼)人呀!"姓张的也暗示县官:"老爷,小人也有理(礼),只不过是个傻瓜,也不会说话呀!"县官一听,将惊堂木一拍,骂道:"一个愚人,一个傻瓜,还来告什么状? 打出去!"两个蠢家伙被赶出了大堂。他们真不明白,县官收了礼,为什么不帮着说话呀!

人生启迪

行贿的人贿赂了贪官,却失去了自己应该得到的公道。

37

启迪一生的民间故事

传家宝

有位老农民,辛辛苦苦劳动了一辈子,可是他的三个儿子非常懒惰。现在,他感觉自己快要死了。他把三个懒惰的儿子叫到床前,准备给他们留一些话。三个儿子围在他床前,想听听他还有什么话要说。

农民说:"我有一件传家宝,埋在我家的园子里,你们去挖出来,够你们终身享用了!"说完,他就咽气死了。

一听说有传家宝,三个儿子都想得到它。园子那么大,宝贝究竟埋在哪儿呀?管它呢,一点一点挖过去,总能挖到的。

于是,他们三个起早贪黑,把整个园子深翻了一遍,可除了断砖碎瓦,什么也没有!

三个人一商量,虽然没挖到宝贝,反正地都挖好了,不如种上麦子吧!他们播种、施肥、除草……到第二年,村子里数他家的麦子长得最好!收获了,金灿灿的麦子装了满满五十口袋,左邻右舍,谁不羡慕呀!

还是老三聪明,他一下明白了:父亲根本没有什么宝贝埋在地里,是要哥儿三个勤勤快快地劳动呀!老大、老二也恍然大悟:勤劳,才是真正的传家宝呀!

是的,金银宝贝有什么稀罕?勤劳,会带给你想要的一切!

人生启迪

勤劳是发家的法宝,是走向成功的捷径,勤劳带来的快乐才是最大的快乐。

最有才智的人

从前,在印度的一个乡村里,有两个读书人,一个叫辛格,一个叫查克。他们俩自以为身份高贵,又读过几千本书,自认为是最有才智的人。他们不愿再与愚蠢的庄稼人生活在一起,就决定离开自己的村庄,要到高贵的人们居住的城市去。

黎明时,他们离开家门,走到中午,他们遇见了一个农民。查克对农民说:"听着,在你面前的是两个最有才智的人,我们特别准许你领我们翻过山去。"

农民同意了。他俩便跟着农民登山。当他们爬到山顶时,农民忽然站住了,他低声说:"先生们,我们走另一条路吧,前面有一只狮子在树林里睡觉,走过去可危险哪。"

走在前面的辛格笑着说:"你这不识字的家伙,告诉你,那狮子不是在睡觉,而是老早就死了!"

查克对农民说:"让你看看我们的才智吧,我们马上就可以让僵死的狮子复活!"

农民惊叫起来:"要知道,这是头活狮子,是要吃人的!"

两个最有才智的人愤怒了:"难道要我们听你这个不学无术的人胡言乱语吗对?"

农民一听，立即慌忙爬上树去，从树上看着这两个家伙使什么花招。

果然，查克和辛格用树枝去捣捣狮子，把狮子弄醒了。狮子睁开眼睛，吼叫着，向这两个最有才智的人扑去，把他们撕成了碎块。

而"无知"的农民等到狮子去喝水的时候，赶忙从树上爬下来，逃回家去了。

人生启迪

真正有才智的人是能将书本上学来的知识运用到实际生活中的人，而不是盲目相信书本、不顾实际情况的人。

比本领

从前,有一位巧木匠,经常向人吹嘘:"我是天下第一流的木匠,如果哪位不服气,就请来跟我比试比试!"

这消息像长了翅膀似的,很快就传开了,不少木匠赶到这里,和这位巧木匠比试了一番,没一个能胜过他。

一天,有位过路的张木匠,来找巧木匠比试。巧木匠说:"你输了,我可以分文不要;我输了,你把我家财产全拿去!"

张木匠听了,笑笑,就和巧木匠到村头广场去比本领。村里人听到消息,都赶来看热闹。

两位木匠带着工具站在场子中央,由村上一位老人作裁判。老人四下里看了看,问:"比什么呢?"有人喊道:"让他们比赛做门窗!"

巧木匠摇摇头说:"这种小手艺,没意思!"

这时,正好有只苍蝇飞到老人的鼻子尖上,张木匠抄起一把斧子,说:"咱们就砍老证人鼻尖上的这只苍蝇!谁一斧子能把苍蝇腿砍断,又不能碰老人家一点儿皮肉,谁就赢!"

看热闹的人都惊呆了。老人听了,也吓出一身冷汗,巧木匠呢,这下可害怕了。他声音颤抖地说:"……你先来吧!"

张木匠抡起斧子,"嗖"地劈下去,锋利的斧子将苍蝇的腿砍断了,没蹭着老人一丁点儿皮。这时,看热闹的人齐声喝彩:"好哇! 妙哇! 真是神木匠!"

老人对巧木匠说:"把你的家产送给他吧!"

张木匠说:"我不是为财产来比赛的,我是想告诉他,手艺越高越要虚心学。"说完,背起木箱走了。从此,巧木匠再也不敢自夸了。

人生启迪

天外有天,人外有人,谦虚谨慎才是立身之本。

没记性的人

从前有个没记性的人,名叫王二。一天,妻子对他说:"你明天去请医生看看吧,世上哪有像你这样没记性的人?"

第二天,王二背着弓箭,骑马出发了。他走到半路,要大便,就翻身下马,把箭插在地上,将马缰绳系在树上。等他解完大便,站起来一看,发觉身旁插着几支箭,惊叫道:"好险,差点射中我!"当他回头一看,发觉树干上系着匹马,不由高兴地说:"啊,老天爷赐我一匹马!"

王二牵起马就走,不料一脚踩着了自己撒的尿,生气地说:"哪来的臭狗屎!"

王二一边骂,一边骑马往回走,不一会,马儿将他载到了自己家门口。王二在门外转了一圈,心里说:"这是什么地方? 也许到了医生家吧!"想到这儿,他举手敲门。他妻子开门一看,见他刚出去一会儿就回来了,气得破口大骂。王二听了,搔搔头皮说:"这女人真不讲理,我和你素不相识,为什么骂我呀!"

人生启迪

健忘的人总是让人啼笑皆非。

原来如此

一位慈善单位的工作人员,来到一位百万富翁家,请他为残疾人捐款,一进门就请求说:"你是我们这座城市最富有的人,为了那些可怜的人们出一点钱,对你来说并不是件难事。"

工作人员的话还没说完,百万富翁就说:"你不了解我的情况,我91岁的老母亲已在医院住了5年;女儿死了丈夫,还要抚育五个孩子;我的两个兄弟都靠政府救济……"

募捐工作人员一听,连连道歉说:"我真不知道你有这么多负担。"

"不,"百万富翁说,"我只是想告诉你,我一分钱都不给他们,怎么会给你们一分钱呢?"

募捐的工作人员一听,这才恍然大悟,连声说:"原来如此!"

44

人生启迪

人吝啬到极点不只对别人小气,对自己也同样抠门。

刻苦好学的人

从前有个姓车的读书人,家里穷,没钱买油点灯,他就想了个办法:晚上捉来几只萤火虫,放在笼子里,借着那点亮光读书。

还有个书生,姓孙,也是没钱买油点灯,每到寒冬夜晚,他就在门外,趴在雪地上,借积雪的反光读书。

45

一年夏天,孙书生去拜访车书生,只见他在草丛中寻找什么。他奇怪地问:"你白天不读书,在这儿找什么?"

车书生摊开手说:"我捉萤火虫,晚上点灯看书啊!"

冬天,车书生去拜访孙书生。他一进院子,只见孙书生背着双手,对着天空发呆。

车书生问:"大白天,你怎么不读书?"

孙书生叹口气说:"唉,老天不下雪,叫我怎么读书?"

人生启迪

读书是一种习惯,一种快乐,一种享受,一种超越。

"铁公鸡"吞铜钱

从前,有个大财主,外号叫"铁公鸡"。这是个一毛不拔的小气鬼。

有一天,"铁公鸡"在街上走着,看见几个小孩在滚铜钱玩。忽然,一个铜钱滚到他脚跟前,"铁公鸡"弯腰捡起来,塞进嘴里。丢了钱的小孩问他:"伯伯,你看到我的铜钱了吗?""铁公鸡"只是摇摇头,不敢开口,他怕把钱掉出来哩!另一个小孩叫道:"我看见他把钱塞到嘴里去了!"这下"铁公鸡"可火了,他一面打那个小孩,一面骂道:"你胡说!"不料,这一开口,可出乱子了!他嘴里的铜钱滑下去了,不上不下,恰好卡在喉咙里,铜钱卡得他直翻白眼,孩子们一看他这模样,都被吓跑了。

"铁公鸡"好不容易走回家,躺到床上,家里人不知他得了什么病,急着要去请医生。"铁公鸡"见了,又是瞪眼,又是摇头摆手,不让家里人去请医生。为啥哩?请医生要花钱,他舍不得呀。家里人没办法,只好由他。

第三天傍晚,"铁公鸡"快死了。儿女们围在他床前,商议给他买副柏木棺材,"铁公鸡"摇了摇头。儿子说:"咱爹俭省了一辈子,死了买张席子卷了吧!""铁公鸡"还是摇头,还比画着,要来纸墨笔砚。他颤抖着拿起笔写道:我死了不用埋,扔到岗子上去就行了。他死死捏着笔，又挣扎着歪歪斜斜地写道：我喉咙里还卡着一个铜钱，一定要取出来，不要连钱一块儿扔了。写完这几个字，头一歪，死了。

人生启迪

贪财的人往往把钱看得比自己的命更重要。

启迪一生的民间故事

扁鹊治病

扁鹊,是战国时的名医。

一次,扁鹊会见蔡桓公。站了一会,扁鹊说:"您有病,目前只在皮肤表层,如不及时治疗,恐怕要加深。"桓公说:"我没有病。"扁鹊只好告退了。桓公不满地说:"这些当医生的,就喜欢给没病的人治病,显显自己的功劳。"

过了十天,扁鹊又见到桓公,说:"您的病已发展到皮肤和肌肉之间了,不治疗还要加深。"桓公听了,连话都不答。扁鹊走后,桓公很不高兴。

又过了十天,扁鹊第三次见到桓公,说:"您的病已深入肠胃,再不治就要恶化了。"桓公仍然不理他。扁鹊走后,桓公更不高兴。

再过了十天,扁鹊一见桓公,扭头就跑。桓公感到奇怪,特地派人去问他。扁鹊说:"病在皮肤时,用汤药洗或热敷,药力是可以达到的;病在肌肉里,扎针的效力是可以达到的;病在肠胃里,火煎汤药的力量是可以达到的;病在骨髓里,性命已被死神掌握,医生就毫无办法了。现在,桓公的病已经侵入骨髓,我不再请求给他治病了。"

隔了五天,恒公觉得全身疼痛,急忙派人去找扁鹊,扁鹊已逃到秦国。桓公就这样病死了。

蔡桓公要是能听扁鹊的话,早给他治疗,哪里会这样呢?

人生启迪

发现不好事物的苗头时就要立即采取措施,否则会给自己带来更大的麻烦和祸害。

皇帝和他的卫士

从前，德国有个皇帝，他有一支巨人卫队，参加这个卫队的人，个子都非常高。他订了条规矩："不会德语的人，不能进巨人卫队。"上哪儿找那么多会讲德语的巨人呢？军官们只好挑选一些个子足够高，而不会说德语的人，教他们几句简单的德语，以便应付皇帝的提问。因为皇帝有一个习惯，就是总要问他所见到的每个新兵三个问题："你多大年纪了？""你到我这个卫队多久了？""这里的伙食和其他条件是否都是好的？"军官们教给新兵的，正是如何用德语回答这三个问题。

有一天，皇帝和一个新卫士谈话时，把这三个问题的顺序颠倒了一下。他首先问道："你到我这个部队多久了？"那个卫士马上回答道："报告陛下，22 年。"皇帝大吃一惊，接着问道："那么你多大年纪了？"卫士说："报告陛下，6 个月。"皇帝听到这样的回答，很生气地说："到底我是傻子还是你是傻子？"那个卫士有礼貌地回答："报告陛下，都是。"

50

人生启迪

巧合之下，往往会发生滑稽可笑的事情。

高秀才考试

从前，有个姓高的秀才，读了十几年书，上知天文，下通地理，真是满腹文才。跟他一起读书的人都很佩服他，高秀才自己也十分得意。

有一年，高秀才到京城去赶考。亲戚朋友们都来送行。大伙齐声说："这回你一定能高中，一步登天！"高秀才表面上也说了几句客套话，心里却说："凭我的本领，准能考上状元！"

到了京城，入了考场，等拿到考题一看，高秀才高兴得笑出声来，因为题目太容易啦。

高秀才心中想道："这些题，闭着眼睛也能做出来，这下，头名状元就是我的啦！"

他眯缝起眼睛开始算计开了：考中状元，皇帝就会招我做驸马。把公主嫁给我。于是，我可以坐上八抬大轿，前呼后拥，好不威风。回到了县里，县官就要出城迎接，全村男女老少也得来迎接，口称"驸马大老爷"。

回到家里，起高楼，建花园，朱漆大门前安上守门的石狮子，搭起状元桥。

每天陪着像天仙一样的公主游山玩景……他越想越美，忽听

"当"的一声锣响,原来是考试时间已完了。高秀才低头一看,哎呀!
手里还是一张白卷子,刚才只顾胡思乱想,还没动笔写字呢!

人生启迪

妄想以后的美好生活,不如立即动手,脚踏实地地行动。

健忘汤

从前,日本有对黑心肠的夫妻,他们开了家小旅馆,接待来往旅客。他们总希望客人临走时,丢下点东西,哪怕是忘了拿一块小手帕,他们拾了也感到高兴。

为了使旅客多忘记拿走自己的东西,老板就弄来张药方,配成健忘汤。据说,喝了这种汤,人们最容易忘记自己应做的事情。

有一天,有个商人挑着一担子杂货,到店里投宿。他一进门,就连喊肚子饿,要店主弄饭给他吃。店主和老婆一商量,决定给他喝点健忘汤,让他临走时,忘记那副担子。他们另外炒了几盘好菜,连同健忘汤一起,端给商人,看着他狼吞虎咽全吃了。第二天一早,老板娘以为那商人会把货担子忘了挑走。他到商人住房里一看,什么也没留下。这时,老板一边走过来,一边急呼呼地问:"他准忘了什么吧?"这一说,老板娘跺着脚跳起来:"哎呀,他忘了给咱房钱和饭钱呀!"

人生启迪

害人之心是一把双刃剑,在害人的同时也害了自己。

启迪一生的民间故事

纪昌学射箭

飞卫是古代的一位神箭手。只要他开弓,弓弦一响,天上的飞鸟就会落地,地上地走兽就会倒下。

有个叫纪昌的青年来向他学习。飞卫一打量,纪昌的眼睛老在眨,便说:"你要学射箭,先要学不眨眼的本领。"

纪昌回到家里,按照老师的吩咐,躺在妻子的织布机下,眼睛紧盯着穿来穿去的梭子。这样一练了就是两年,妻子拿起锥子,装出要刺他眼睛的样子,他的眼睛也不眨一下。纪昌很高兴,赶紧跑去告诉飞卫。

飞卫说:"这是学射箭的第一步,第二步要训练眼力。等到练到把极小的东西看得很大,极其模糊的东西看得十分清楚,然后你再来告诉我。"

纪昌回到家里,按照老师的要求,用一根牛尾巴上的毛拴着一只虱子,吊在窗口,每天目不转睛地看着它。看了十天,觉得虱子渐渐大了起来,三年后,竟像车轮那样大了。再看其他东西,都和小山一样高大。纪昌很高兴,又跑去告诉飞卫。

飞卫听了,把弓箭递给纪昌,说:"你射吧!"纪昌弯弓搭弓,向牛毛吊着的虱子射去,"嗖"地一箭,刚好穿心而过,那根牛毛还吊在那里没

54

有断。

飞卫高兴得哈哈大笑,拍拍纪昌的肩膀说:"你算学到射箭的真本领了。"

人生启迪

十年磨一剑,任何成功都需要长时间的磨练。

55

勤俭匾

以前,有一个王老头,带着两个儿子,辛勤劳动、生活俭朴,从不乱花一个钱,日子过得很不错。村里人特意送给他一个大匾,写着"勤俭"二字,悬挂在王老汉家门上。从此,全家更以勤俭为荣了。

不久,王老汉死了。两个儿子闹分家,把家产分成两半,就连门上那块大匾也锯成了两半。哥哥扛走"勤"字,弟弟拿走"俭"字。

哥哥把"勤"字挂在自己家门上,弟弟把"俭"字挂在自己家大门上。哥哥每天看一眼"勤"字,就拼命干活,但是,他收入一个就要花两个。弟弟呢,心里总记着个"俭"字,天天省吃俭用,就是劳动上不勤快。

日子一久,兄弟俩都穷下去了。

有一天,哥哥到弟弟家借粮,看到弟弟家的日子一天不如一天,缸里没米,大人孩子穿得破破烂烂的。哥哥叹了口气道:"我家的日子比你还苦!"说着,兄弟俩抱头痛哭起来。这时有个老头儿走进来,问他们发生了什么事?他俩便一五一十地讲起来。老头儿听了,语重心长地说:"过日子,不能光勤不俭,也不能只俭不勤;勤和俭是形影不离的亲兄弟,把勤和俭分开了,日子就要越过越穷!"兄弟俩这时才恍然大悟,忙把"勤俭"重新拼在一起,挂到门上,两家合成一家,跟当初他们的父亲在世时一样,辛勤劳动、生活俭朴。不久,兄弟俩又过上好日子了。

人生启迪

很多良好的品行是需要相伴而行的,一个不好的习惯往往可以抵消很多其他的德行。

57

启迪一生的民间故事

打架传染

日本有个青年,名叫吉田,吉田家有个邻居,邻居夫妇俩每天都要打架。吉田很讨厌他们。

一天早晨,吉田在自己房子旁边筑起一道篱笆,把自己家和邻居家隔开。他的妻子问:"你筑篱笆干什么?"

吉田说:"不让打架传染到我们家来。"妻子说:"打架怎么会传染呢?"吉田说:"打架是很容易传染的。"妻子说:"不会!"吉田和妻子的吵架声越来越大,最后,两人都发起火来了。

妻子说:"没见过你这样的蠢人,说打架会传染!"吉田说:"你真笨,连这个道理也不懂!"吉田争吵时,无意中做出一个挥舞木棒的动作,妻子以为他要动手,忙把桶里的水向吉田泼去,这下,两人真的打架啦。

人生启迪

人和人之间产生矛盾,最好的解决办法是从自己身上找原因,而不是在客观环境里去寻找借口。

深埋两头蛇

古时候,有个小孩子叫孙叔敖。孙叔敖 5 岁那年,有一天,他出去玩耍,在路上看见一条蛇盘在路边草丛中,他吓了一跳,正转身要逃,却发现这条大蛇有两个头。孙叔敖听人说过,看见两头蛇的人会死的。现在他看到了两头蛇,肯定活不长了。想到这儿,他不禁掉下泪来。

孙叔敖又一想:自己看见两头蛇会死,别人看见了也会死的呀。他觉得,这条两头蛇太可恨了,决不能留着它害人,应该把它砸死。想到这儿,他寻了一块石头,使尽全身力气,猛地砸下去,把那条两头蛇砸死了。他还不放心,又折了根竹子,挖了一个坑,把死蛇埋得深深的。

埋掉了两头蛇,孙叔敖急急忙忙跑回家去,一头扑进妈妈的怀里,呜呜地哭了。妈妈问:"乖孩子,你怎么啦?"他哽哽咽咽地说:"妈妈,刚才我看见了两头蛇,听人说,看见两头蛇的人会死的。我马上就要死了,我舍不得离开你呀。"

妈妈一听,吓得站起来,忙问:"两头蛇在哪儿?"孙叔敖说:"我怕别人看见了也会死,就把它打死埋了!埋得深深的,谁也看不见。"一面说,一面还在哭。妈妈听了笑了起来,说:"孩子,你有这样的好心肠,肯定不会死的。"

后来,孙叔敖活得好好的,还做了国相,成了历史上很有名的人呢。

人生启迪

人要成就大事,必要心怀天下,而不能只顾自己。

59

启迪一生的民间故事

马 蛋

从前有个书呆子，他五谷不分，却又喜欢不懂装懂。有一天，他到集市上闲逛，看到一个老头儿卖香瓜，便走上去，自以为是地说："这蛋好大呀！"

卖瓜的老头儿听了，心里暗暗好笑，便说："这是马生的蛋，怎么不大呀！"

书呆子一听说是马蛋，就买了一只香瓜，当着马蛋，捧回去，跟妻子商量，要她孵马蛋。妻子没办法，只好将香瓜放在怀里，孵了一个多月。

日子一天天过去，香瓜由青发黄，不见小马出来，却发出股怪味儿。妻子生气了，就将香瓜捧到门外，朝乱草丛中扔出去。不料，扔香瓜时，吓跑了躲在树根下的一只小白兔。小白兔"唰"的一下，跑得无影无踪。书呆子站在门口见了，气得双脚直跳，还大声骂着："你看，小马驹跑了。这畜生连爹妈也不要了！"

人生启迪

无知是丢丑的开始。

启迪一生的民间故事

外国棉花

从前,日本有一座庙,庙里住着大小两个和尚。这两个和尚很穷,夜里睡觉连床棉被也没有,每晚都是钻到稻草堆里过夜。大和尚是个死要面子的人,他告诫小和尚说:"如果有人来,你决不可以说夜里盖的是稻草,要说盖的是棉被子。"

小和尚说:"我记得了。"

一天早晨,有个施主来到庙里进香。大和尚急忙从稻草堆里钻出来,让施主进庙堂,并喊小和尚:"赶快奉茶来!"小和尚沏了茶,给客人端上去。他一看师傅耳朵上还挂着一根稻草棍儿呢,小和尚说:"师傅,您耳朵上还带着被子里的棉花呢!"

施主一看:这明明是稻草,为什么说是棉花呢? 就问:"这是什么棉花呀?"

老和尚说:"啊,这是外国棉花!"

人生启迪

中国有句俗话说:死要面子活受罪。欺人者必自欺。

启迪一生的民间故事

卖毛驴

从前,有一个王老头,他嫌家里那头小毛驴力气小,不能干活儿,就跟小儿子一起,把小毛驴赶到集上去卖。

一路上,老头儿牵着驴子在前面走,小儿子拿着扁担,跟在后面。路边一个姑娘见一老一小,一前一后走着,笑起来:"哈哈,放着驴子不骑,真笨!"

王老头一听,觉得姑娘说得对,就骑上驴背,继续赶路。

父子俩走着,走着,一位老大娘看了,生气地说:"这个老头真不像话,自己骑着驴子,却让孩子跟着走,可把孩子累坏啦!"

62　　王老头一听,觉得老大娘说得有理,忙从驴背上爬下来,让小儿子骑上驴子,自己跟在后面走。

父子俩又走了一段路,碰见一位老大爷,老大爷生气地说:"这孩子真不懂事,年纪轻轻的骑着驴子,让老年人跟着走,真不像话!"

王老头一听,觉得老大爷说得对,连忙爬到驴背上,跟儿子一起骑着驴子走。他俩路过一个村子时,村子里的人你一言我一语地说了起来:"哎呀!一头小毛驴,两个人骑着,快把小毛驴压死啦!"

王老头一听,连忙跳下驴背,又把儿子拉下来,两人牵着驴子走。

父子俩走着,走着,一群割草的孩子笑他们:"一头小毛驴,还要两个人牵着走,真笑死人了!"

这下,王老头可为难了。他想了想,就跟儿子一起,把驴子四条腿紧紧地捆在一起,用扁担抬着走。

他们抬着毛驴走呀,走呀,累得直喘气。爷儿俩走上一座小木桥时,毛驴使劲一挣扎,"扑通"一声,掉下河,把王老头和他的小儿子也带下河啦。

人生启迪

不同的人对同一件事情会有不同的看法,所以我们不能所有人的意见都听,而要有自己的判断和见解。

63

启迪一生的民间故事

启
迪
一
生
的
民
间
故
事

说谎大王

从前,日本京都有个开旧货店的老板,名叫山田德一。这山田德一专以说谎为生,把好的东西说得一钱不值,把坏东西说成无价之宝,人家称他说谎大王,没人相信他。

后来,山田德一老了,住回乡下老家。这一年,他生了重病,眼看快死了。由于他平时总说谎欺骗大家,所以,现在谁也不愿去照看他。

一天,山田德一把邻居和亲戚请到床前说:"我眼看就要死了,我的财产埋在院子里的柳树下,因为平日得到你们很多关照,所以,那些钱就分给大家吧!不过,在临死前,请你们让我饱饱地喝一顿热粥。"

听见他这么说,大伙儿商量:"临死之前,他大概不至于说谎吧?"于是,很好地照顾了他。

山田德一死后,大伙儿按照他讲的话,在柳树下挖了起来,果然挖出一个大盒子。众人急忙打开盒子,只见里面装着一张纸条,上面写着:"说谎大王最后一次谎话。"

64

人生启迪

在利益面前人们常常丧失了理性的思考。

大水缸

　　从前,有位农民叫王老大,一天,他在菜地里挖沟时,一下子挖出一只大水缸。水缸在地下不知埋了多少年,却还是好好儿的,一点也没破。他喊来家里人,费了好大的劲儿,才把水缸搬回家。

　　王老大家里很穷,只有几碗米,他就把这些米放进水缸里。也真奇怪,第二天一早,他再从水缸里舀米时,舀了一碗又一碗,怎么也舀不完了。原来这只水缸是一只宝缸呀!

　　王老大真高兴,他把米舀出来,分给村子里的穷人,这样,大家都有饭吃了。

　　这事儿一传十、十传百,一下子传到县官那儿。县官老爷派士兵到乡下,将大水缸抢到衙门,放在大厅里。

　　县官老爷的爸爸听说有这么件奇怪的事,也跑来看了。啊,他眼看着,放进水缸里一只金元宝,却能拿十只金元宝。这县官老爷的爸爸嫌县官老爷拿得太慢,就把官老爷推开,自己去拿。不料,这老头儿一不小心,掉进水缸里了。县官老爷赶快把他爸爸拉出来,可水缸里又有一个爸爸;把这个爸爸拉出来,水缸里还有一个爸爸。就这样,他一直拉出十个爸爸来。可不是吗,这只水缸,放进一碗米,舀出十碗米,放进一只金元宝,拿出十个金元宝,掉进一个爸爸,当然就拉出十个爸爸来了。

县官老爷一看，可着急了，他大声问："你们到底谁是我的爸爸？"

十个老头儿一齐说："我是你的爸爸！"

"我是，你不是！""你不是，我是！"十个老头儿吵吵闹闹，打起架来，你推我挤，"砰"的一声，把水缸打破了。

县官老爷没拿到水缸，可弄来了十个爸爸，他呆呆地站在那儿，急得哇的一声哭了起来："天哪，我找不到真爸爸啦！"

人生启迪

任何事物都有两面性，很多能给人们带来好处的东西，但要是使用不当也会给人带来灾难。

木匠砍树

从前,泰国有个木匠。一天,这木匠爬上树,抡起斧头,就砍起自己坐着的那个树枝。

这时,有个和尚从树下经过,忙喊道:"你没看见吗?你砍的正是你坐着的那个树枝。树枝一断,你会一块儿摔下来的。"

木匠不听,继续砍。不一会儿,随着树枝"咔嚓"一响,木匠"扑通"一声从树上摔下来了。他顿时想起和尚的话,便挣扎着爬起来,追上去说:"先生,您说得很对,我真的摔下来了,您一定是一位能预测未来的先知,求您告诉我,我什么时候死?"

和尚从披肩上掀下一根线,系在木匠腰间说:"这根线一断,你就会死。"

木匠信以为真。从此,他总是小心翼翼地保护那根线。

一天,他在洗澡的时候,一不小心,把线扯断了。他顿时大哭起来。左邻右舍听见哭声,纷纷跑来,忙问发生了什么事。木匠哭着说:"乡亲们,我已经死了,你们快把我放到尸架上,抬出去吧。死人是不能长期放在家里的。"

大家没办法,只好把他放在尸架上抬着向焚尸场走去。

半路上,他们碰到一个外乡人问路。大家都摇头说不知道,而木匠突然坐起来,说:"我知道,那个村子就在北面。"

乡亲们听了,都哈哈大笑。木匠这时才相信自己没有死,爬起来回家了。

人生启迪

目光短浅的人往往容易轻信。

只拿不给

外国有个大富翁,他爱钱如命。跟人共事,只知道"拿"人家的,从不愿"给"人家什么。他常对人说:"我就是只拿不给!"

有一天,他同妻子在河边散步,不知怎的,他脚下一滑,人滚到河里去了。他妻子急得哇哇大叫,有个年轻人听到喊声,连忙奔过来。

年轻人趴在河岸边,伸出手,大声叫道:"先生,请把你的手给我,我拉你上来!"可这吝啬鬼一听说把手给他,说什么也不肯,宁愿被水淹得两眼翻白,也不肯把手伸出去。眼看大富翁在水里渐渐沉下去,年轻人急得不知如何才好。这时,大富翁的妻子喊起来了:"亲爱的,别害怕,你拿着他的手,他拉你上来!"吝啬鬼一听是叫他拿着,马上就伸出手,握住了年轻人伸出的手。年轻人一使劲,将他拉到了岸上。

吝啬的大富翁被救上岸,他有气无力地对年轻人说:"谢谢你把你的手给了我!"

人生启迪

给和拿在一定条件下可以互相转化,有时候给予实际上就是拿到。

厚 礼

从前有个穷秀才,他在学馆里读书,因为没钱买礼物送给老师,便常常挨老师的打骂。

有一天,穷秀才迟到了,他想,这下肯定要挨打,得想个办法。他灵机一动,办法有了。到了学馆,他对老师说:"我昨夜得了100两银子,在家刚安排好,所以来迟了。"老师一听,忙问:"银子哪来的?"穷秀才说:"从我家后院挖到的。"老师又问:"你如何安排这些银子的?"穷秀才说:"我打算一半买书,一半送给您——恩师!"老师一听,高兴极了,马上宣布放学,还叫家里人摆下酒席,招待穷秀才。老师一边劝穷秀才喝酒,一边关心地说:"你那100两银子可得放好啊,千万别让人偷了。"穷秀才说:"你放心,我把那100两银子,放在海底龙王爷家里了。"老师一听,惊奇地说:"你莫非是在说梦话?"

穷秀才说:"我说的全是梦里的事呀。"说完,他拍拍吃得圆滚滚的肚皮,一摇一摆地回家了。

人生启迪

贪财的人最垂涎的往往是看不见的东西。

70

驴吞月亮

从前,在法国的一个小镇上有座教堂,教堂旁边有个大池塘。一天晚上,月亮升起来了,映照在池塘的水面上。这时,有个人牵着一头驴到池塘饮水。驴正在喝水的时候,天空吹来一片乌云,遮住了月亮,天空黑暗起来。

驴主人吓得大叫起来:"我的驴把月亮吞下去啦!我的驴吞了月亮啦!"

镇上的人出来看看天空,又看看池塘,发现月亮不见了,都大哭大叫起来。

当地的所有的官员们都赶到教堂前开会,最后决定,要把那头吞掉月亮的驴处死。镇长一声令下,十几个青年人用绳把驴勒死了。

驴被处死了,镇长又担心起来。他对大伙说:"朋友们,我们没有权利处死驴呀,只有大法官才有这个权利。他知道我们这样,会反过来处罚我们的呀!现在该怎么办?"

镇上的老人们商量后,决定送一车家禽给大法官,再把这头死驴送给他。这样,大法官就会找来医生把月亮从驴肚子里掏出来。说不定,大法官还能找到一位勇敢的能工巧匠,把月亮再安到天上去。

镇长马上带领一群小伙子,装上满满一车鸡、鸭、鹅,给大法官送

71

去,还有12个小伙子用一根很长的木杆子,抬着那头死驴,也给大法官送去。

他们走出小镇没多久,碰上一群狼。狼闻到死驴味儿,便一窝蜂似的追上来。吓得镇长和小伙子们扔下家禽和死驴,逃回镇上去了。

不一会,饿狼把所有的家禽,还有那头死驴吃得一干二净。

第二天晚上,月亮又升起来了,还和往常一样在天空照耀着。镇长高兴地说:"那群狼帮了我们的忙,把驴吃掉了,而大法官还不知道我们勒死了那头驴。至于那被驴吞掉的月亮,看来比狼还狡猾。它没被狼吃掉,自己偷偷逃回天上去啦!"

人生启迪

人如果缺乏自然科学常识,就不能客观地看待自然现象,可能做出许多可笑又可悲的事情来。

启迪一生的民间故事

换种子

从前,有一个老头和他两个儿子生活在一起,种了几亩地,可是每年收粮食总是没有别人家多。

两个儿子问:"爹,为什么人家打的粮食总是比我们打得多?是不是我们的种子不好啊?"

老头说:"大概是种子不好吧?我去换些好种子回来,看今年能不能多打粮食。"

老头子背了一袋种子出去换。其实,他明知不是种子不好,而是儿子们干活儿懒。他就到村外歇了一会,又把种子背回来了。

他到了家,对两个儿子说:"种子换来了,这种子才好哪!不过有些特别,要是不把田地锄八遍,就不结粮食,所以人家给它起个名字,叫'锄八遍'。我们今年种下试试再说吧。"

春天,种子下了地,老头子不断督促两个儿子:"你们叫我换的种子,非得要锄八遍,要不,可打不出多的粮食呀!"

兄弟俩从小苗子一露头就忙着锄,起早赶黑地干,老头子在后面催得紧,懒也懒不了。他们锄到第四遍,庄稼已长得比别人家的强,又肥又大,结的粒子又多又结实,兄弟俩锄地也更有劲头了。

秋天收粮时,弟兄俩从一亩地里收了六七斗,兄弟俩说:"爹,这种子可真好,从哪里换来的?"

老头子笑笑说:"种子本来就不错。傻孩子,我没有换啊!是你们今年锄了八遍,付出了辛勤汗水的缘故啊!"

人生启迪

从同一起点出发的人中,勤奋的人总是能跑到最前面。

公主学干活

从前有个公主，人长得很漂亮，但却很懒，什么活儿也不干。

她到了该出嫁的年龄。老国王宣布，谁能在三年之内教会他的女儿干活，就把女儿嫁给谁。日子一天天过去，可谁都不来向公主求婚。一天，有位大臣碰见一个小伙子用八头牛耕地，就带他去见国王。国王向他说明了事情的原委，小伙子同意了，保证在三年之内教会公主干活儿。他领着公主回到家里，他母亲跑出门来迎接，一看这样漂亮的姑娘，非常高兴。

第二天，小伙子把几头牛套到犁上，出门去耕地。临走时对母亲说，不要强迫公主干活儿。晚上，小伙子从田里回来，母亲端上饭菜，儿子问道："妈妈，今天谁干活儿啦！"

"我和你呗。"妈妈答道。

"那好，干活儿的人才能吃饭。"小伙子说。

公主一听，很不高兴，气得饿着肚子去睡觉了。第二天，一切情况还是如此。

第三天，公主对小伙子的母亲说："老人家，你给我一点活儿干吧，整天歇着怪难受的。"

老太太就吩咐她劈劈柴。

启
迪
一
生
的
民
间
故
事

天快黑了，一家人坐下来吃晚饭。小伙子又问道："妈妈，今天谁干活儿啦？"

"我们三个都干活儿啦！"妈妈说。

小伙子高兴地说："那好啦，谁干活儿，谁就可以吃饭。"

三人共进晚餐，从此，公主也逐渐学会了干活儿。

三年过去了，国王前来看望女儿。见她和老婆婆和睦相处，一同干活儿，心里很高兴，便问公主："你怎么学会干活儿的呀？"

"这很简单，"公主答道，"这儿有个规矩，干活的人才能吃饭。爸爸，您可要知道，您要想在我家吃饭，那就请您劈劈柴去。"

国王听了，哈哈大笑，答应将女儿嫁给小伙子，还准备将王位传给他呢。

人生启迪

恩格斯说：是劳动造就了人类。不劳不获是人类生存的潜规则。

隐身草

从前有个王财主，常欺负家里的两个长工。两个长工就想了个办法治他。

一天晚上，两个长工睡觉时，发觉王财主在偷听他俩谈话，他俩就一问一答，故意说有个神仙告诉他们，后院老槐树上乌鸦窠里有一根草是隐身草，谁要是拿着它，别人就看不见他了。

王财主在屋外听得一清二楚，他高兴得两条腿都直抖。第二天一早，等长工到地里去了，他扶着竹梯爬上树，叫老婆孩子在树底下等着，他从乌鸦窠里把草一根一根抽出来，拿在手里，问底下的人是不是还能看见他。

儿子说："看见哪。"

他又抽出了一根问："看见我不？"

老婆说："看见哪。"

他抽一根，问一句，后来，他老婆不耐烦了，就气呼呼地说："瞅不见你个老东西了！"

老财主欢天喜地地拿着那根宝贝，爬下树来，上街去了。走到街上，他看见一个卖梨的，他走过去就拿了一个。卖梨的看见这个人当着这么多人拿起一个梨就走，只当他是疯子，就没有理他。财主以为没人看见,心里可高兴了。走过一个烧饼铺,他又进去拿了一个烧饼。卖烧饼的看见这个人当着这么多人拿起一个烧饼就走,只当他是疯子,也没有理他。财主见又没有人看见,心里更高兴了。他吃了烧饼,吃了梨,就到县衙门去偷县官的大印去了。

他一手举着那根草,进了衙门就一直往二堂奔。他看见大印在案子上放着,上去就拿。县官见这个人上堂来拿大印,心里奇怪,想看他打什么主意。财主一见还没人理,抱起大印就要往外跑。县官看见他要走,大喝一声:"来人哪,把这大胆的贼抓起来打五十大板!"

就这样,王财主被按到地上,屁股上挨了五十大板。

人生启迪

阴暗的人总是有阴暗的想法,就像这个财主一样,以为别人看不见他,就可以为所欲为了。

启迪一生的民间故事

倒霉的伊凡

从前，俄国的一个乡村里，有个小财主，名叫伊凡。伊凡很爱贪小便宜，靠赌钱赢了人家一头驴和一只山羊。这天，他牵了驴和山羊到城里去卖。那山羊脖子上系着个小铃铛，走在山路上，叮铃铛哪响。正巧，有三个小偷走过。三个小偷看见了，其中一个小偷说："我去偷羊，叫他发现不了。"

另一个小偷说："我要从他手中把驴偷来。"

第三个小偷说："这都不难，我能把他身上穿的衣服全都偷来。"

第一个小偷悄悄地跟在后面。他走近山羊，把铃铛解了下来，拴到驴尾巴上，然后把山羊牵走了。

伊凡在拐弯处向四周张望了一下，发现山羊不见了，就开始寻找。

这时，第二个小偷走到伊凡跟前，问他在找什么。

伊凡说他丢了只山羊。小偷说："我看见刚才有一个人牵着山羊钻进这片树林里去了，现在追上去，还能抓住他。"

伊凡恳求小偷帮他看着驴，自己去追山羊。第二个小偷乘机把驴牵走了。

伊凡从树林里回来一看，驴子也不见了，他在路上一边走一边哭起来。

79

在路上，他看见小池塘旁边坐着一个年轻人，也在哭。伊凡问："你有什么伤心事儿，坐在这儿哭呀？"

年轻人说，他的主人让他把一小口袋金币送到城里去，他在池塘旁坐下休息，睡着了，睡梦中把小口袋丢到水里去了。

伊凡问："你为什么不下去把小口袋捞上来？"

年轻人说："我不会游泳呀，谁能把这小口袋金币给我捞上来，我就送给他十个金币。"伊凡一听高兴极了。他想："正因为别人偷走了我的山羊和驴子，上帝才赐给我幸福。"于是，他脱下衣服，潜到水里。可是他无论如何也没找到那一小口袋金币，当他从水里爬上来时，衣服不见了。原来，第三个小偷早就把他的衣服偷走啦。

人生启迪

什么都想得到的人，经常是什么都得不到。

米芾学写字

我国宋代有个大书法家,名叫米芾,他写的字可有名气呢。

米芾小的时候,曾经跟村里的一位老秀才先生学写字。米芾学了三年,写了不知多少张纸,可是字仍然写得平平常常。老秀才发觉,米芾写字不认真。一天,他对米芾说:"从今天起,得用我的纸才行,要不,我不教你了!"

米芾问:"你的纸多少钱一张?"

老秀才说:"我的纸得五两银子一张。"

米芾吓得目瞪口呆。心想,哪有这么贵的纸呢?但为了学字,只好买呀。

米芾家并不怎么有钱,只好东借西借,好不容易凑了五两银子去买纸。

老秀才接过银子,把一张纸给了米芾,说:"你好好地写吧。"然后把银子放进抽屉里。

米芾拿着五两银子买的一张纸,左看右看,觉得不过是一张普通的纸。可他再也不敢轻易下笔了,他先认真地琢磨字帖,用手在书案上画来画去,想着每个字的肩架和笔锋,琢磨来,琢磨去,便入了迷,把字帖上的字一个一个地都印进了自己的心里。

启
迪
一
生
的
民
间
故
事

一直到吃午饭,老秀才回来,只见米芾坐在那里,手握着笔,望着字帖出神,纸上一字未写,便问:"怎么不写呢?"

米芾说:"纸贵,怕废了纸。"

老秀才哈哈大笑,用扇子头指着纸说:"你琢磨这么半天,写一个字给我看看!"

这可奇了。米芾写了一个"永"字,既和字帖上的字一模一样,又好像不一样,可漂亮了。

老秀才问米芾:"你说,为什么现在写得这么好?"

米芾说:"过去写字没有用心,这次因为纸贵,我怕浪费了纸,先把字琢磨透了再写。"

老秀才捋着胡子说:"学字不只是动笔,还要动心,才能写好。现在,你已经懂得了写字的窍门了。"说完,将五两银子还给了他。

人生启迪

要想做好一件事情,不但需要用手,更需要用心。

神仙愁

　　从前,有个小气鬼,这人嘴很馋,谁吃什么好吃的东西,不管认识不认识,他都要去吃。可谁也别想占他一点便宜,神仙见了他也会愁,人们给他起了个外号叫神仙愁。

　　一天,天上有两个神仙到人间游玩,一个叫吕洞宾,一个叫铁拐李,他们听说神仙愁的名声,有点不大相信,谁有如此大的本领,能使神仙在他的面前都愁呢?这两位神仙想看个究竟,就摇身一变,变作两个道人,在庙台上盘腿而坐。吕洞宾吹了一口气,变出一个酒壶,铁拐李一摇宝葫芦,倒出了酒。两位仙人刚斟上酒,神仙愁闻着酒的香味就来了。他一边施礼,一边说:"二位师父来此,欢迎欢迎!"说着就坐在一旁,伸手端酒盅。

　　两位神仙知道他就是神仙愁,便想治治他。

　　吕洞宾说:"席上没有下酒菜,割只耳朵尝一尝。"说着,他拔出宝剑,"哧"的一声,割下自己一只耳朵放在盘子里。铁拐李接着说:"席上没有下酒菜,我割下鼻子尝一尝!"顺手接过宝剑,割下了自己的鼻子。

　　神仙愁见到这种情景,不慌不忙地说:"席上没有下酒菜,我拔根汗毛表寸心。"说完,咬了咬牙,拔下自己手臂上一根汗毛放在盘子里。

两位神仙一看，瞪大了眼睛，生气地说："我们一个割了耳朵，一个割了鼻子，你只拔一根小汗毛，像话吗？"

神仙愁一本正经地说："今日是遇见了你们二位，若是碰上别人，我是一毛都不拔的。"

人生启迪

人心不正，即使是神仙也会无可奈何。

黄狗犁田

从前有兄弟俩,老大心眼儿坏,人又懒,老二心眼儿好,人又勤劳。分家时,老大分了好地、好房子,老二呢,只分到一间破草屋,两亩荒地和一条老黄狗。

春耕的时候,老二因为没有牛,就在老黄狗的脖颈上套了绳子,拉到田里犁起田来。

一天,老二正在犁田,田埂上走来一个卖布的人。卖布的人一见老二用黄狗犁田,说:"我卖布卖了十几年,哪见过黄狗能犁田!你一棍打它能跑三转,我把布送你不要钱。"老二听了,用棍子轻轻地在黄狗背上打了一下,那黄狗滴溜溜地跑了三转,卖布的人就把一挑子布送给了老二。

天黑后,老二拉了黄狗,挑着布回家。老大一见就问:"哪来这么多布?"老二就把事情经过从头到尾对老大说了。

第二天,天刚亮,老大就来找老二,也不管老二答应不答应,拉着黄狗就走了。

老大把黄狗拉到田里,刚驾好犁,田埂上走来一个卖布的人。卖布的人一见老大用黄狗犁田,心里很觉奇怪,说:"我卖布卖了十几年,哪见黄狗能犁田!你一棍打它能跑三转,我把布送你不要钱。"老大用棍子重重地打了一下黄狗,可怪!那黄狗还是一动也不动,卖布的人哈哈地笑着走了。

老大越想越气,狠狠几棍子把黄狗打死了。老二见黄狗死了,心里很难过,便找了一把锹,挖个坑,把黄狗埋了。

过了几天,老二从埋黄狗的地方过,看见黄狗的坟上长出了一棵青枝绿叶的竹子。老二扶着竹子,哭起来,无意中碰动了竹子,"哗啦哗啦",从竹叶里掉下两个元宝来。老二捧着元宝走回家。老大一见就问:"哪来的元宝?"老二把事情的经过从头到尾对老大说了。

老大也很想要元宝,就偷偷走到黄狗的坟上,一手扶着竹子,想哭又流不下眼泪来,只得干号了一阵,用手假装去碰了碰竹子,只听"哗啦哗啦",竹叶里掉下的却是石子儿,把老大打得头破血流,吓得他连忙逃回家了。

人生启迪

　　俗话说:好人有好报,恶人有恶报。心地善良的人和心地恶毒的人因为对待事物的态度不同,所得到的结果也不同。

五百两银子

从前,有两个好朋友。一个叫王老大,一个叫李老二。一天,他俩进城去。他们边走边闲聊。王老大对李老二说:"哎,咱们俩要是这么走着,突然在大道上拣到五百两银子,你说咱们该怎么个分法?"

李老二说:"一人一半嘛!"

王老大生气地说:"那怎么行? 是我先看见的,应该先者为优,我得分三百两!"

李老二不服气:"哪有这种道理,即使没有你,我也会看到的呀!"

两个人就为这事,在半路上吵起架来。他们俩正在争吵不休的当儿,县官骑着马儿到乡下去,他见两个人在吵架,便问:"喂,你们两个在吵什么呀?"

李老二抢先说:"我们两个在大道上拣着五百两银子,他硬说要三百两,你说这事合理不合理?"

王老大也不让步地说:"因为是我先看见的,所以应该分三百两!"

县官一听,心里可乐啦! 就摆起官架子,宣判道:"哎! 你们的官司由我来判。这么着,你们每人分二百两,我得一百两! 事情就这么定了。"说着,伸出手要银子。

王老大和李老二听了,齐声回答:"老爷,这五百两银子还没拣到手呢!"

　　县官一听,气得骂道:"还没到手,吵什么？等将来拣到了,莫忘记告诉我!"说罢,骑马走了。

人生启迪

　　贪财的人都幻想一夜暴富,而且一幻想就激动。

张·小·泉剪刀

小朋友们都用过剪刀。可你知道剪刀的来历吗？据说,很多年以前,有个姓张的铁匠。他小时候喜欢在泉水里洗澡,水性又好,所以取名叫张小泉。

张小泉在杭州开了个铁匠铺,专门打造镰刀、锄头、铲子。他力气大,人又聪明,生意很好。

大井巷里有口大井,井水很深,也很清凉,附近人家都吃这口井里的水。不料,有两条黑蛇钻进了这个井里,喷出毒液,把井水搅得乌黑,没法吃了。人们听说井里有两条毒蛇,谁也不敢下去冒险。就这样,这个甜水井就荒废了。

张小泉一心要除掉毒蛇,使井水变甜。这天,他喝了三斤酒,提了大铁锤,跳下井去跟毒蛇搏斗。

张小泉跳进井里,只觉得身子呼呼地往下沉,好一会儿才沉到井底。他睁开眼睛一看,嗨,井底里宽阔得很哩！他看到角落里有两条漆黑发亮的乌蛇,颈交颈地盘绕在那里。张小泉眼明手快,不等两条乌蛇分开,就挥起大锤,把两条乌蛇的颈脖子砸得扁扁的,粘到一块了。张小泉砸死了乌蛇,便一手提着大锤,一手拎着蛇尾,屏住气,慢慢地汹出水面。人们七手八脚把他拉了上来。再一看,那两条乌蛇成了精,变成了铁。

除掉了乌蛇,大井里的水又变得清冽冽的了。

张小泉把两条死蛇拖回家里,看了三天,想了三夜,在纸上画出一个图样来。他在蛇颈相交的地方安上一枚钉子,把蛇尾巴弯过来做成把手,又将蛇颈上面的一段敲扁,磨得飞快飞快的。这样,就打造出第一把很大的剪刀来。

以前,人们还不知道用剪刀,裁衣用刀子划,断线拿刀子割,很不方便。张小泉造出剪刀以后,裁衣剪线那就方便得多了。从此,张小泉的剪刀就出名啦。

人生启迪

创业的人往往是拿美好光辉的一面来面对世人,而他们创业时的艰辛却很少向人提起。

启迪一生的民间故事

偷吃桃子的人

一天,有两个过路人,走过一片桃树林。他们又累又渴,一见桃子,不觉嘴馋了。那小个儿的叫王水生,他爬上树,摘了十几个桃子就吃起来。那大个儿叫李本德,心想,这桃树是别人栽的,白吃人家的太不应该。他本不想吃,可实在口渴难忍,就伸手摘了两个小桃子吃了。

这时,远处有老人咳嗽的声音,王水生慌忙擦干净嘴巴,跳下树来。不一会,一位白胡子老人走过来,热情地招呼道:"过路客,吃几个桃子解解渴吧!"

李本德知道老人是桃树的主人,抱歉地说:"老人家,我吃了您两个桃子。"老人问王水生:"你不吃点桃子解解渴吗?"

王水生以为老人没看见自己吃桃子,撒谎说:"您老人家没来,我怎敢吃桃子呢!"

老人说:"渴了就吃,不收钱!"说完就走了。

这时,王水生觉得屁股后面有东西碍着,一摸大叫起来:"哎呀,我长尾巴了。"李本德绕到他身后一看,果然他屁股上长着一条大尾巴。

王水生一想,准是偷吃了桃子,遭到那老人的处罚。他连忙追上白胡子老人,老老实实地说:"老人家,我偷吃了你十只桃子……"

老人笑着说:"你偷吃一只就长一节尾巴!"

启
迪
一
生
的
民
间
故
事

　　李本德听了,吓得一摸屁股,自己没长尾巴,他奇怪地问:"老人家,我刚才也吃了两个,怎么没长两节尾巴?"

　　老人笑着说:"你没说谎,所以不长尾巴!"

　　王水生听了,哀求老人说:"请您给我把尾巴去掉吧,我再也不敢撒谎了。"

　　老人见他说得诚恳,就顺手摘了个桃子,让他吃下去。这桃子又酸又苦,王水生硬着头皮吃下去,不一会,屁股上的尾巴消失了。再一看,白胡子老人也不见了。

人生启迪

　　做错了事情,主动承认错误就能得到别人的原谅,相反,如果千方百计隐瞒,就会受到惩罚。

宝石山

从前,有个贪心的财主。他有个雇工叫伊万。一天,财主叫伊万带着牛皮和麻袋,各自骑一头驴子,一同到宝石山去。

他们到了山脚下,财主叫伊万钻进牛皮里,将他捆扎好,他自己躲起来。不一会,两只山鹰飞来,抓起牛皮,飞上山顶。当山鹰扯开牛皮时,发现是个活人,吓得飞走了。

这时,财主在山下大声叫"伊万,快把脚下的宝石扔下来!"伊万低头一看,见地上堆满了金银财宝。他捡起来扔下山去。财主装了满满两麻袋,丢下伊万,骑上驴子回去了。

伊万看着脚下一堆尸骨,他知道,受骗死在这里的雇工已经好几个了。这时,一只山鹰飞来,伊万一把抓住它的爪子。山鹰带着伊万飞呀飞呀,后来落到地上,伊万终于死里逃生。

过了一年,伊万把头发和胡子留得很长,没人认得出他时,又到这财主家找活干。财主没认出他,又雇了他。一天,财主又带伊万到山脚下,叫他钻进牛皮里。伊万要财主做个样子给他看,等财主刚钻进牛皮里,伊万就用绳子将他捆紧,自己躲了起来。不一会,两只山鹰飞来,把捆在牛皮里的财主抓上山顶。山鹰扯开牛皮,见是活人,抓起牛皮飞走了。这时,伊万在山下大声喊:"主人,你看我是谁呀?"财主这

93

启迪一生的民间故事

才认出他是伊万,财主在山顶大声问:"告诉我,你是怎么下山的?"

伊万说:"你先把宝石扔下来,我再告诉你。"财主只好拣起财宝往山下扔。伊万装满两麻袋宝石,对财主说:"你去问雇工们的尸骨吧,他们会告诉你怎么下山的!"说罢,骑上驴走了。

人生启迪

"以其人之道,还治其人之身"是对待恶人最好的办法。

维斯偷牛

从前,有个年轻人,名叫维斯,平时好吃懒做。一天,他爸爸对他说:"你该自己养活自己了。去吧,出门去找一个合适的工作吧!"这下,维斯只好自己去找工作了。

过了几天,维斯牵了一头牛回家,得意地对爸爸说:"我偷了一头牛,你看,多肥壮!"

父亲一听,非常生气,可他脸上没露出来,问道:"你为什么想到去偷牛呢?"

维斯说:"这样不用费力气,天天有牛肉吃。"

维斯的父亲没有责怪他,暗暗跑到牧场,向牧场的主人说明情况,并且赔了一头牛的钱。

父亲回家后,对维斯说:"把那头牛宰了吧,咱们煮牛肉吃。"

维斯把牛宰了,爸爸帮着他,将牛肉煮好,盛在盆里,屋子里散发出一股诱人的香味。父亲盛了一碗,吃得津津有味。维斯也盛了一碗,他一边吃,一边侧着耳朵听,一边朝着门外看,生怕丢牛的牧场的主人找上门来。牛肉是什么味儿,他没心思细尝。

过了几天,牛肉吃光了,父亲的体重增加了不少,而维斯却一天天瘦了。

他奇怪地问父亲:"这是什么道理?"

父亲说:"我吃的牛肉,已经付过钱了,所以吃下去心安理得,容易长肉。而你呢,偷了人家牛,吃牛肉时提心吊胆,当然不会长肉了。"

维斯听了,这才明白:偷来的东西吃不香。

维斯决定去找真正的工作了。父亲对他说:"去吧! 真正的工作,要付出劳动代价的!"

维斯听了,点点头,他打好包裹,出门找工作去了。

人生启迪

人生无须惊天动地,快乐就好;友谊无须甜言蜜语,想着就好;金钱无须车载斗量,够用就好;朋友无须遍及天下,有你就好。

万笔字

从前有个姓丁的财主,生了个儿子,取名丁山。丁财主请了位老先生,教丁山读书写字。

第一天,老先生写上一画,说这是一字。

第二天,老先生写上两画,告诉他,这是二。第三天,老先生写上三画,告诉他,这是三。第四天,丁山不肯学了。他对父亲说:"识字很简单,不就是一画加一画吗。我全会了,不用请老师教了。"

丁老财听了儿子的话,把老先生辞退了。

隔了没几天,丁财主要请一位姓万的亲戚来吃饭,叫儿子写张请帖。丁山说:"这好办,我马上就去写!"丁山回到书房,从早写到晚,也没把请帖写好。丁财主等不及了,就到书房来催他快点儿写。这时,丁山正伏在方桌上,一笔又一笔地写着呢。他一边写,还一边埋怨:"爹,你老人家为什么偏偏要请这姓万的来吃饭。瞧,我从早上写到现在,还只写了一千画,离写完一万画还早着呢。"

启迪一生的民间故事

人生启迪

学习要深入钻研,不能浅尝辄止,否则就会闹出笑话。

黑马变白马

从前，日本有个武士，名叫仓田。仓田平时专爱吹牛，说自己怎样勇敢，怎样能打仗。人们信以为真，都称他是勇敢的仓田。

不久，当地发生了战争，男人都去打仗了，只有仓田还待在家里。

村里人问："勇敢的仓田，你怎么不上战场呀！"

仓田说："我得骑一匹黑马才能打仗。只要我一上战场，就能立即赶走敌人！"

仓田所以这样说，是因为他知道村里谁也没有黑马。恰巧在他吹牛的时候，有一个人骑着一匹黑马路过村子。

过路人听了仓田的话，说："勇敢的武士，你骑我的黑马，上战场去吧！"

仓田没有办法，只好骑上黑马出征了。一上战场，杀声震天，吓得他从马上滚下来，一溜烟儿钻进了灌木丛。黑马失去了主人，也不知跑到哪里去了。

仗打完了，仓田从灌木丛后面爬出来，大摇大摆地往家里走。走着走着，他忽然想到：我不骑马怎么能回家呢？这样他们会猜出我丢了马的呀！

突然，仓田发现了一匹死马。他就将死马的尾巴割下来，带回去。

　　村里人听说仓田回来了,都来看望他。说起打仗的事儿,他把自己吹嘘了一番。有人问:"你的战马呢?"

　　仓田说:"唉!马光荣战死啦!"他装出惋惜的样子,拿出马尾巴,"为了纪念它,我把它的尾巴割下来了。你们看,这不是黑……"

　　人们看见仓田手里拿出的是一条白色的马尾巴。大家哈哈地笑道:"啊,黑马变成白马啦!"

人生启迪

　　欺世盗名的人不管口上说得多么动听,总有一天会漏出狐狸尾巴的。

启迪一生的民间故事

锯木料

从前有个笨木匠，家里造房子，他锯下一棵大树做木料。他见整段树太长，便锯下一段，准备做屋梁。不料，这段木料被他锯短了，只好改做门框。他锯呀、砍呀，哟，又嫌短了，只好做根扁担。

笨木匠拿起斧头，砍了一会，又刨了一会，哟，又嫌小了，只好做个刀柄。他刨呀、砍呀，唉，又嫌短了，看来只好做双筷子了。

笨木匠狠命地砍呀、削呀，不知怎的，连做双筷子也嫌短了。他举着根比筷子还短的木条儿，不知做什么才好。

笨木匠想了好一会，决定用这木条儿做根牙签。

笨木匠举起斧子，小心翼翼地砍呀、削呀，他终于做成了一根牙签，这下别提他有多高兴了。他忙了半天，实在累了，就将牙签衔在嘴里，想躺在椅子上睡会儿。不料，头一仰，牙签被咬断啦。

人生启迪

做事情要有一定的预见性，不能蛮干，否则很难达到自己的目标。

儿子在哪儿

从前,在外国一个乡村里,有一口很大的井。村里人都到这儿打水。离井不远,有块光滑的大石头,老人们总爱坐在那儿聊天。

一天,三个妇女到井边打水,有位老人坐在附近的石头旁,看着她们。

一个村妇放下吊桶时,骄傲地说:"我的儿子长得棒极了,村里没人比得上他!"

另一个村妇不服气地嚷道:"那你就该去听听我儿子唱歌了,他唱得像夜莺一样!"

第三个村妇没有吭声。两个村妇齐声问:"你的儿子怎么样?"

她回答说:"我的儿子实在没有什么特别的地方。"

三个村妇打完水,吃力地拎起水桶,一齐朝村里走去。老人站起来,跟在她们身后,慢吞吞地走着。

突然,她们都看见了自己的儿子走在前面大路上。

其中一个孩子双手一撑,翻着筋斗走了过来,他妈妈喜得眉开眼笑。

又有个孩子唱起了歌,歌声真像夜莺一样动听。他妈妈喜得心花怒放。

第三个孩子一看到妈妈,便跑了过来,接过沉重的水桶,"咚咚咚"拎回家去。

这时,三个村妇转身看到身后的老人,问道:"我们的儿子怎么样?"

老人说:"你们的儿子?他们在哪儿?我只看见了一个孩子呀!"

人生启迪

嘴里把儿子夸得天花乱坠,不如儿子帮忙提一桶水。

人性的优劣不是嘴里夸出来的,而是通过行动做出来的。

小气鬼

　　从前有个小气鬼，名叫张老大。他小气得晚上不点灯、冬天少穿衣，为的是好省下几个钱。

　　张老大听说李家村有个李老二，比他更小气。一个冷风飕飕的晚上，张老大摸黑去拜访李老二。他到了李老二家门口，只见屋里一片漆黑，再一看，李老二光着身子坐着哩。啊，原来他也是舍不得点灯、舍不得穿衣裳啊。

　　张老大进门，劝李老二穿件衣裳。李老二指指头顶一块大石头说："我正出汗呢。"

　　张老大抬头一看，不由吓出一身冷汗。这块大石头用细绳吊在屋梁上，随时会掉下来呀。

　　李老二说："我坐这儿，一想到大石头会掉下来，就会出汗，也就不怕冷喽。"

　　张老大一听，吓得连忙告辞回家，可屋里黑咕隆咚，摸不着门在哪儿，便叫李老二点灯照一下。李老二说："你等一下，我就来！"

　　李老二摸了根棍子，举起来，对张老大脑门"笃"的敲了一下，打得张老大两眼直冒金星。李老二急呼呼地说："趁你眼前冒金星，赶快走，要不熄了还要挨打哩。"

启迪一生的民间故事

张老大逃出门外，回过头，举着大拇指对李老二说："你比我还小气！"

人生启迪

强中自有强中手，没有最小气，只有更小气。

米从哪儿来

从前有个人，名叫李大宝。李大宝靠祖上的田产，过着饭来张口，衣来伸手的日子。李大宝成年之后，生了两个儿子。一天，他坐在屋里，听到他那两个儿子在屋外争论米是哪儿来的，争了一会儿，两人吵起来。

大儿子说："大米是从咱家后院囤子里长出来的，我亲眼看见过家里的男佣从那里一袋一袋往外扛呢？"

小儿子说："米怎么能从囤子里长出来呢？米是从仓库里来的！我亲眼见家里的女佣人，每当做饭的时候，都从那里一盆盆往外舀的嘛！"

他俩吵吵嚷嚷，互不相让。李大宝听了，很生气，他走到门口，瞪着两眼骂道："饭桶！你们长这么大还不知道米是从哪里来的！米先是种在船上，后来搬到咱们家粮仓里，这还不懂？"

人生启迪

不参加实际劳动的人，永远都不会懂得劳动的价值和乐趣。

启迪一生的民间故事

锅巴和烂草鞋

从前有个靠撑船为生的王老汉,平时勤劳节俭,为人老实。他的儿子王忠也是个厚道人,样样听爹的话。

王忠长大了,也成了一个驾船的好手。这年秋天,王忠要出远门,他对爹说:"我头一回出远门,给您带回些什么礼物呢?"

他爹想了想说:"什么都不要,你只要把吃剩的锅巴和穿烂了的草鞋给我带些回来,越多越好。"王忠告别了爹爹,扬帆开船了。

一路上,王忠牢记住爹爹的话,每天把吃剩下的锅巴放起来,又把穿破了的草鞋存起来。这样,天长日久,锅巴和烂草鞋积聚了半个船舱。

船往回返时已是腊月了,谁知,船行到湖中心,忽然大雪飘飘,湖水结冰,船靠在一个荒凉的小洲上不能前行了。小洲上荒无人烟,甚至连个野兽都看不到。

这时船上柴绝米缺,大家正担心要困死在这儿,王忠想起自己留的锅巴和烂草鞋来。他的伙伴们忙把锅巴放在锅里,倒上水,用烂草鞋当柴,煮焦锅巴。大家边吃边说:"这真是雪中送炭啊!"

回到家以后,王老汉问儿子"礼物"带回来没有?王忠把路途遇风雪,吃锅巴烧烂草鞋的事告诉了爹。王老汉听了,高兴地说:"你做得对,我叫你留这些东西,就是要使你明白,平时要勤俭,为难的时候,焦锅巴比金子还有用哩!"

人生启迪

勤俭不仅是一种好品德,而且还是一种眼光长远的表现。

107

神鱼洞

从前有个爱钓鱼的人，一天，他钓了不少鱼往家走。不料，走到半路，天上下起了大雨，他就到一棵大树下躲雨。大树茂密的叶子，也挡不住大雨，雨点还是一个劲儿向下掉。

树下有个树洞，像个大盆，一会儿被雨水灌满了。钓鱼的人看看这积满水的树洞，就从鱼篓里掏出一条鱼，放在树洞里，鱼儿在这雨水里游得挺欢快的。钓鱼的人觉得很好玩。

一会儿，雨停了。钓鱼的人看鱼游得这么欢快，也就不想把这条鱼捉上来，于是独自返回家里了。

隔了一会儿，有个人走过树下，看见树洞里有一条活鱼游着，觉得很奇怪。他想：这一定是刚才一阵大雨，是天上的神鱼下凡来了。他就添油加醋地到处宣传，说是他亲眼看见一条神鱼从天上掉进了树洞里。

这样，一传十、十传百，一些迷信的人都来烧香磕头，把这儿当着神鱼洞，求神鱼治病。

那天，钓鱼的人打这儿经过，看见有人在大树下磕头烧香。他过去一打听，大家把天上下雨，出现神鱼的事情一说，逗得他哈哈大笑。原来是这么一回事，他就把避雨放鱼的事讲了一遍。这些迷信的人半信半疑。钓鱼的人捞起鱼来，让大家看："你们瞧，这鱼儿上钩的时候，嘴都挣裂了。"

大伙儿一看，果真是条咧嘴的鱼，这才一个个回家了。

人生启迪

以讹传讹是谣言形成的主要途径。

109

启迪一生的民间故事

扛桌子告状

从前有个人，名叫张老大，心眼儿坏，没人敢跟他往来。他只有一个朋友，叫王小六。这天，王小六到他家做客，张老大倒茶递水，挺客气。

王小六一边与张老大谈天说地，一边用手指蘸着泼在桌上的茶水，写了"我当皇帝"几个字。在当时，谁说自己要当皇帝，可有杀头之罪呀。王小六是随手写的，也没在意，坐了会，便回家了。张老大一见王小六写了这四个字，如获至宝。他想：这下升官发财的机会到啦。他等王小六一走，就扛起桌子，到县衙门告状，说王小六谋反、要当皇帝。他断定这下能捞到重赏呢。张老大扛着桌子，到了县衙门，没料到，桌面上的字被风吹干了，没留一点痕迹。县官问："你扛着桌子来干什么？"张老大只好苦笑着说："这是我家祖传的楠木桌子，扛来孝敬老爷的呀！"县官老爷招招手，喊手下人将桌子抬进院子里，张老大只好空着手回家了。

人生启迪

想靠陷害别人来为自己谋利是很可笑的，其结果往往是偷鸡不成蚀把米。

买"随便"

从前有个人，名叫王三。王三这人是个书呆子。一天，他要上街，妻子关照他带点儿好吃的东西回来让她尝尝。他问买什么，妻子也说不出什么，便说："随便！"

王三到了街上，这家店里看看，那家店里转转，可不知买什么才好，他只记得妻子关照他买"随便"。店家问他买什么，他便说买"随便"。店老板听了，不再理他。就这样，他在街上转了半天，什么也没买到。

王三没办法，出了街，来到城外小河边。这时正是冬天，河里结了厚厚的一层冰，有位渔夫坐在小船上发愁。

王三来到渔夫跟前，掏出钱向他买东西。

渔夫问他买什么。他说："随便"。渔夫叹口气说："天寒地冻，什么也没有呀！"

王三央求道："你行行好，卖点'随便'我吧！"

渔夫没办法，随手敲了一块冰交给他。王三接过冰块。放进贴身口袋里，高高兴兴回家了。

王三一回家，妻子就问："买来点什么？"

王三笑嘻嘻地说："我到渔船上买来点'随便'。"可他伸手一摸，叫

111

了起来:"哎呀,随便这鬼东西,真会捉弄人,它逃走也罢了,竟在我口袋里撒了泡尿。"

妻子听他说了事情的经过,笑得直不起腰来。

人生启迪

这个故事告诉我们:要多接触生活,了解生活,读书要灵活,不读死书。

启迪一生的民间故事